KB120852

사과나무 아래서 그대는 나를 깨웠네

시작시인선 0506 사과나무 아래서 그대는 나를 깨웠네

1판 1쇄 펴낸날 2024년 8월 9일
지은이 나금숙
펴낸이 이재무
기획위원 김춘식, 유성호, 이형권, 임지연, 차성환, 홍용희
책임편집 박예솔
편집디자인 민성돈, 김지웅, 정영아
펴낸곳 (주)천년의시작
등록번호 제301-2012-033호
등록일자 2006년 1월 10일
주소 (03132) 서울시 종로구 삼일대로32길 36 운현신화타워 502호
전화 02-723-8668
팩스 02-723-8630
블로그 blog.naver.com/poemsijak
이메일 poemsijak@hanmail.net

ISBN 978-89-6021-773-7 04810
978-89-6021-069-1 04810(세트)

값 11,000원

*이 책은 서울문화재단 '2017년 문학창작집 발간지원사업'의 지원을 받아 발간되었습니다.

사과나무 아래서 그대는 나를 깨웠네

나금숙

천년의 시작

시인의 말

긴병 같은 깊은 잠 속에서 깨어났을 때, 그곳이 달콤한 향이 가득한 사과나무 아래임을 알게 됐어. 내가 알든 모르든 그 사실은 본래 변치 않았지. 지금부터 영원까지 이 인식이 점점 더 밝아지는 나날이길 원해. 만약 천 개의 심장이 있다면 다 너에게 주고 싶다.

차 례

제1부

제2부

제3부

제4부

해 설

제1부

모란

모란에 갔다
짐승 태우는 냄새 같기도 하고
살점 말리는 바람 내음 같은 것이 흘러오는
모란에 가서 누웠다
희게 흐르는 물 베개를 베고
습지 아래로 연뿌리 숙성하는 소리를 들을 때
벽 너머 눈썹 검은 청년은 알몸으로 목을 매었다
빈방엔 엎질러진 물잔, 물에 젖은 유서는
백 년 나무로 환원되고 있었다
훠이 훠이 여기서는 서로가 벽을 뚫고 지나가려 한다
서로의 몸속으로 스며들었다 나온다
어른이 아이가 되기도 하고
여자가 남자가 되기도 한다
한낮 같은 세상을 툭 꺼 버리지 말고
그냥 들고 나지 그랬니
무덤들 사이에 아이처럼 누워
어른임을 견딜 때,
궁창의 푸른 갈비뼈 틈에서 솟는 악기 소리
먹먹한 귓속에 신성을 쏟아붓는다
슬픔이 밀창을 열고

개다리소반에 만산홍엽을 내오는 곳
모란에 가서 잤다
오색등 그늘 밑에서 잤다
내력들이 참 많이 지나가는 곳에서
사람의 아들, 그의 불수의근을 베고 잤다

순간을 풀어 주다

물의 심장이 두근거리자
하늘엔 별 꽃이 피기 시작했다
이 물을 자르고 들려면 세 명은 필요하다
물의 광장에 노을이 지고
모닥불이 피워지고
우리는 옥수수 가루로 죽을 쑤어 날랐다
울지 말라고 해도 물은
괜찮을 거야라고 해도 물은
노래를 깨물었다
물의 지문은 흩어져
그의 다잉 메시지는 프랙탈로 공중에 새겨졌다
순간을 움켜쥔
나무를 베어 내 옮기던 임도林道에
묶여 있던 순간을 풀어 준다
순간은 순식간에 뛰쳐나간다
복제
해적판
불법 다운로드
물의 꿈이 복제되어 해적판으로 나가도
물은 행복하다

가난한 아이들 배고픈 새벽에
허리를 움켜쥐고
별을 다운로드한다
물고기 비늘 같은 은하수를 만난다
땅 속이나 공중이나 하늘에서
물의 꿈은 행복하다
아이들 생피 같은
이슬 같은 물의 심장은 행복하다

자이르*

오늘 누가 오든지 어떻게 오든지 그것은 비다 창밖이 수선스러워서 문을 열자 비가 먼저 와서 의자에 앉는다 빈 새장을 기웃거리다 지갑에서 카드를 꺼내 테이블에 놓는다 새로 산 스웨터는 비 냄새를 풍긴다 오래 된 방짜 유기 놋 냄새를 풍긴다 비는 극세사 담요 속으로 와서 잔다 밟힐까 봐 마음 졸인다 비를 밟은 발바닥이 뭉클, 비는 털실 뭉치처럼 뭉쳐져서 구석으로 영원히 굴러간다 비는 택배 회사가 가져오는 원통형 박스, 키가 상자보다 커서 눌러 담는다 꼬르륵 마지막 하직 인사를 남기고 지상에서 사라진다 뚜껑을 열자 멧새처럼 날아오르는 비, 막사발 속으로, 위패 속으로 들어간다 비는 흘러내리는 사각형 속에서 천천히 증발하고, 오늘을 기다리면 아무도 오지 않는다 단념하고 잠이 들면 댓잎 같은, 깃털 같은 비가 온다 너무 친밀해서 있는지도 모르는 내 속의 숨처럼 비는 항상 온다 있는지도 모르는 당신처럼 온다 오지 않는다 내일 올 것이다 육체가 없어도 남는 영혼처럼, 사랑처럼 마른땅을 보려고 높이 날아간 새처럼

* 자이르의 아랍어적 의미는 '명백한', '가시적인'이다. 이슬람교에서 알라의 한 속성, 신성의 한 속성으로 규정하고 있다. 작가 보르헤스의 단편 제목이기도 함.

무거운 연기

모든 변신을 사랑한다 무너지며 포효하는 검은 탑, 검붉은 벼랑, 광풍이 뒤집는 사시나무 잎사귀, 옆구리를 찢는 물고기의 물결,

벌어지는 꽃잎 속에 파묻힌 거미, 참나무 껍질에 이빨을 박는 박새의 착란,

오 나는 변형을 사랑하네 네가 나를 꾸욱 터치할 때, 오십 센티 끈끈한 바탕화면에서 응고된 세계가 밀가루처럼 풀리고, 그러므로 땅속 지도를 바꾸는 유충은 숭고하다

무겁게 날개를 젓는 앨버트로스처럼 땅속을 휘젓는 그들은 부드러운 살 속에서 직선으로 달아나려고 한다

휘어짐이 새 근육을 만들면, 응집된 구석은 밀려나고 밀리고 밀려 얇아지고 그 위에 지느러미들, 힘찬 꼬리들이 지어 내는 모든 자웅동체들을 사랑한다

자웅동체 아닌 것들을 사랑한다 하나였다가 나뉘어진 것들을, 내 몸인 듯 내 몸 아닌 내 몸 같은

>

그러면서 휘발하려는 향을 가두는 향 제조사들 뚜껑을 닫는다, 세기의 급한 눈꺼풀을

덮어 놓은 책

메소드라고 부르지 마
그냥 순간이 나오는 거야
누가 몰입이라 그래
상처에 소금을 일부러 뿌리지 마
네 이름을 언급하지 않으면 문장이 안 될 때쯤,
공명정대한 사랑 같은 건 없는 거고
문설주에 귀를 대고 뚫어 줄 주인도 없는데
나는 스스로 자유하지 않기로 했어
그러니 메소드라고 부르지 마
소금물을 끓이는 메콩강 유역에서
평생을 노를 젓다 가더라도
그냥 너한테 그렇게 남을 거야
이게 미친 연기라구?
아니
그냥 순간을 사는 거라고 해
이맛전이 서늘하도록 임박한 그 무엇,
이별이라는 미립자가 한꺼번에 폭발하는 죽음 말이야
긴 그림자와 침묵과 협박은 그렇게 순간 정지하지
네가 밀고 들어오지 못하도록
나무 빗장을 걸어 잠그지만

내가 잠든 새 연기처럼 스며 들어와 흙바닥이건 어디건
겉옷을 벗어 깔고 자리를 잡는다
잠깐 장미를 들어올리는 손이 있다
한 손에 무엇을 감췄는지 모르고
시선이 따라갈 때
뜨거운 단검이 심장을 겨눈다

넘버링

병 속에 넣어 두었지
우는 감자들 눈을 깎아 내어
병 속에는 알 수 없는 대기가 가득 찼어
1인 극장을 팔아 버린 뒤,
마지막 연극을 마치고 나올 때,
쌍둥이별들은 반짝
무덤 매매 계약서에 서명을 했지
병 속에 가득 찬 탄식이 유리를 압박해서
세상의 모든 껍질이
금방 터질 것 같았어
싹 트기를 포기하지 않는 묵은 곡식들은
여전히 질긴 자루를 발로 차는군
이 주화는 오래된 것이라서
어디에 심어도 싹이 날 것 같아
죽음을 심은 골짜기 활엽수 아래
감지 못한 눈동자가
땅 위로 나부끼며 솟아오른다
네가 살다 떠난 정미소 옆,
겨를 뒤집어쓴 질문들도
몸을 털며

알전구처럼 밝은 싹을 틔우고 있어
숱 많은 네 머리카락마다 번호가 붙여졌어

건축

바람을 그리 먹고도 아직 죽지 못하는
늙은 수지니를 들여다보다가
항구의 새벽 시장에 나가 보았어
새로 내린 눈이 콘크리트처럼 굳어 가고
보라색 히아신스는 얼어 가고 있었어
어제의 양광이 오늘은
얼음 조각으로 천천히 흘러가고 있었지
한낮에는 익사한 남자의 자화상이
물결무늬로 떠오르고
도처에서 비밀한 빅데이터가 왕이 된다는 소문,
쪼그리고 앉아 웅덩이에
나뭇가지를 던져 보았어
숲을 지나온 것들은 신성해져서
썩어 가면서도 향을 풍기지
지는 데 익숙해진 경주마들의 운명처럼
고개 숙인 구름도 장밋빛 대기도 새 떼들도
유령인 듯 소리 없이 서쪽으로 흘러간다
달빛 사이로
시간의 불타 버린 얼굴이 언뜻 드러날 때
기왓장도 돌들도 말을 하기 시작했지

당신은 여전히 말이 없었어
사방 벽들은 홀로그램,
빛처럼 나부끼며 노래하기 시작했어
우리도 상한 갈대를 꺾어 피리를 불었어

메멘토 모리

죄책감이나 그리움이 약점이 될 수도 있어서
쫓기는 마음은 동굴 안에서 쉰다
빛 조각처럼 내가 베어 낸 당신의 옷자락과
내가 들고 온 당신의 물병 하나
유리창에 쓴 안녕
맹그로브 우거진 숲을 지나가며 굽어본 물속에
그의 푸른 얼굴 꼭 감은 눈
나와 당신의 약점들을

새벽이면 문설주에 헝겊을 꼬아 매달곤 했다
바람이 불면 이리저리 흔들리며
그림자를 넓혔다
그 동굴에서 그 바닷가 숲에서
내가 보고 온 푸른 이마가
거짓 잠을 깨운다
사랑도 죽음도 순간의 선택,
이름만 왕이라는 욕망도 미움도 거기서 잠든다
언제 깰지 모르는 얕은 잠을

잘 가, 를 벗어 나무에 걸고 난 후

지붕 위 아마 줄기 사이에 너를 숨겼다
소문을 듣고 창을 활짝 열어 두었다
붉은 린넨 천을 창에 늘어뜨리고
감자를 파종하러 간 사람들
유리그릇과 유리등을 챙겨 두고 갔다
힘을 다해 피어나는 산벚나무 그늘 아래서
우리는 이 좋은 편을 택하였으니 빼앗기지 않으리
압화에 부는 아쟁 소리
달빛을 터는 호미 소리

복사꽃 여인은
모든 건 변하니까요
라고 봄비 속에서 속삭인다
외로운 시절 사랑하는 사람이 멀리 있었다
그녀는 맨홀 뚜껑 옆에 누웠고
도시는 아래로 흘러갔다

자기를 잊기를 바라는 사람
사막에 머물면서도 사막을 본 적이 없는 사람
거절당하지 않으려고 먼저 거절하는 사람

그들은 취생몽사를 마시고
매일 같은 꿈을 꾸었다
갓 낳은 달걀을 가만히 쥐는 꿈

전경前景
—지붕 위의 눈 치우기

그날 그 길로 가지 않았다
지붕에 올라가 쌓인 눈을 한 삽씩 쳐내야 했다
편백나무 옆으로 써레는 신이 나서 눈 속을 달렸다
둥근 굴이 생겨 새끼 여우가 드나들었다
꼬리가 붉어서 멀리서 보면 꽃이 움직이는 것 같았다
당신에게서 받은 우수리나 나머지들이 미세먼지가 되어
꽃이나 사물의 폐 속으로 스며드는 것이 보였다
병瓶에 모아져 팔려 나가지 않은 향은
정원을 떠돌다가 들판으로 흩어졌다
철책을 넘어 멀리 갔다
여기는 맹추위의 저녁 무렵
불꽃 나무를 찾는 눈보라 속,
공중으로 천 갈래 만 갈래 길이 생기고
나는 어느 길로도 가지 않았다
지붕 위의 적설을 떼 내어 한 모금씩 마실 뿐이었다
조종弔鐘이 한 번 길게 울렸다

사과나무 아래서 나 그대를 깨웠네

사과나무 아래서 그대는 나를 깨웠네
나무 아래 사과들은 해거름에 찾아오는
젖먹이 길짐승들의 것
꿈에서 깨어도 사과나무는 여전히 사과
베이비 박스 속의 어린 맨발은
분홍 발뒤꿈치를 덮어 줘야 해
쪼그맣게 접은 메모지에
네 이름은 사과
그러나 이것은 사과가 아니다*
지을 때까지 지어 보려는
파밀리아 성당처럼
사과들은 공간을 만들고
구석을 만들고
지하방을 만들고
삼대의 삼대 아비가 수결한 유언장 말미의 붓자국처럼
희미한 아우라를 만들고,
산고를 겪는 어미의 거친 숨결이
사과나무 가지 사이로
새로운 사과를 푸르게 푸르게 익혀 가는 정오쯤
우리는 비대면을 위해 뒤집어쓴 모포를 널찍이 펼쳐서

하늘을 받는다 하늘의 심장을 받는다
이것은 사과가 아니다

* 르네 마그리트, 〈이것은 파이프가 아니다〉에서 변용.

내가 길거리 가수가 된다면

노래 약속이 있어서 배를 타고
섬 몇 개를 돌아 너에게 갔다
뱃전에서 졸며 꾼 꿈 속에서
석비에 새겨진 그림문자가
류트 가락에 살아나 춤을 추었다
육두구를 태워 역병을 쫓던
라싸로 가던 탐험가는
길에서 죽는 게 소망이었다지
탐험가는 꿈속에서 내 검은 얼굴을 하고 있었다

라듐 소녀들의 유령 놀이처럼
나를 태우는지도 모르고
멋모르는 연애에 취하다
끝모를 다크넷에 머리채를 잡힌 아이들의 울음

엄마
엄마
이모들 데리고 와서 나 좀 꺼내 줘 봐!

먼바다 민어가 꾸욱꾸욱 운다

성에 속에 알을 낳고 간 어미는 다시 오지 않는데
솜털 보스스한 파랑새가 머리를 틀며 나오더니
포르르 해변가로 솟아올랐다
빈 고둥이 운다 부세 조기도 운다
파도만 우는 줄 알았던 바다에
울음이 많아
푼돈 받고 노래 부르러 간 나는
노래를 잊었다

피아노

초원 위의 늙은 피아노
옮기거나 수리하려면 고비용이 든다
버려진 시간만큼 피아노는 피아노가 되어 갔다
버려진 오래된 피아노는 아름답다
키 큰 풀들이 피아노의 다리를 쓰다듬는다
바람이 건반을 두드리고 갈 때 익숙하게 음률을 낸다
바람의 세기가 늘 다르듯이 이 소리도 항상 새롭다
여보세요, 저예요……
언제나 열려 있고 언제나 잘 닫힌다
비가 와도 걱정이 없다
건반이나 키가 스스로 조율하는데
어느 날 피아노의 몸이 되었기 때문이다
석양 무렵, 오솔길이 산책하러 나오면
피아노의 두 발도 개펄 속의 털게처럼 움직인다
한 세계가 한 번 더 오는 것을 마중하러 나간다
초원의 경락도 세차게 움직이며 힘을 뿜는다
여기는 또 하나의 코나락 사원,*
고목이든 뒤집힌 바위든 웅덩이든 별이든
초원의 정령들이
서로의 육체를 찾아 극치로 껴안는다

혼자 올라가는 사다리는 여기에 없다
이름에 ~라 하고 붙는 어미語尾가 부드러운 나라,
초원 위의 늙은 피아노는 이름이 다니엘라이다

* 코나락 사원: 인도 동해안 연안에 위치한 태양 사원. 건물 벽에 미투나 조각상像이 유명함.

의자라는 이름

나도 모르는 말로 나를 부르던 시절
매일 배를 저으며 기다렸다
강이 얼어붙자
나는 달리아 구근을 쪼개어 항아리에 묻었다
강가에서는 보편적이지 않은 의자가
또 다른 이름을 기다리는데
(가시는 덤불처럼 당신을 찌를 것이오……)
잘못 밟은 실뱀처럼 가시덤불은 꿈속에서도 나를 따라왔다

해국이 피고 부추꽃이 피고
물고기를 몰아오는 소년들이 자자해지는 오후
높은 구름도 바람을 품고 부풀었다
피었다 지지 않는 것들이 없었다
기다림만 지지 않는 별처럼
동쪽 하늘에 반짝였다
아무것에도 물들지 않는 흰 마음이
길을 비추어서
열렬했던 것들이 다 먼지였다

강가에는 보편적인 의자뿐 아니라

각각의 별명을 가진 스툴들이 떠올랐다 사라졌다
제 의자를 찾은 이들은
일엽편주 스툴을 타고 강을 건너더니
다시는 돌아오지 않았다

거기에서(there)

병원에서 외출 나와 맨 먼저 간 곳은
향료와 꿀
그리고 꽃이 많은 도시 여리고,
목소리 애인을 찾으러 간다
바닷속 비밀 구역에서
갓 잡아 올린 전복처럼
전화기 너머 너의 목소리는 통통 튀었지
침엽수림 적시는 바닷바람 소리,
호스피스 병동에서
임종 직전 불어 주는 플루트 소리,
땅에 떨어지지 않으려는 아기 올빼미
나무 위로 치솟느라 날개 치는 소리,
너의 목소리는

방울 열매를 부리로 열어
정오를 꺼내 먹는다
하늘을 덮어 끝이 안 보이는 삼나무 애인
발목 없이 벌판을 걷는 안개 애인들
늦봄 같은 그이들 만나러 나는
거기에 간다

>

모두의 것은 누구의 것도 아니라지만
나는 지금 모두의 일부가 되고 싶어
바다에 떨어져 흔적이 없는 빗방울같이,
당신이 떠나갈 때
벗어 두고 가신 겉옷같이

너라는 호명

너를 위해 돈을 훔쳐 봤다
너를 위해 거짓말을 해 봤다
너를 위해 죽으려고 했다
너를 위해 붉은 옷을 입어 봤다
너를 위해 눈부신 흰 원피스를 입어 봤다
너를 위해 분홍신을 신고
춤을 추다 추다 쓰러졌다
너를 아케이드 앞에서 네 시간 서서 기다렸다
너를 위해 하늘이 안 보이는 멀구슬 숲을 헤매어 봤다
너를 위해 제비집 호텔을 예약했다
너를 위해 17시간 비행도 했다
호수가 보이는 창가에서 두 시간 이야기를 나눈 뒤,
나는 인사도 못 하고 일어섰고
그대로 태평양에 빠지고 싶었다
너를 위해 백 년 후 도착하는 기차를 탔다
달리다가 넘어져 피가 흘렀다
너를 위해 신학교에 들어갔다
너를 위해 녹음기 앞에서 증언했다
너를 위해 나는 헤아릴 수 없는 일을 했다
왼손잡이지만 양손으로 너를 위해

별처럼 많은 일을 더 할 수 있다
너를 위해 감금될 수도 있고
납치될 수도 있다
믹스커피만 마시고 매몰되어 한 달 살 수 있다
너를 천 년 응시만 할 수 있다

너는 나
너라고 호명하면서
나를 사는 것
곧 눈썹이 희어지겠습니다

수선화에게

문안에 들어서면
세 번 꺾어 들어가는 길이 있다

돌을 얹어 문을 표시한 곳을
지나가면
철제 의자가 있고
나무를 깎아 만든 테이블이 있다

테이블 곁에
밀창 넘어와 넘실거리는
달빛을 담는 침대가 있다
다탁이 있고
달빛 묻은 가벼운 커튼
돌돌 왔다 가는 도랑이 있다

별이 차가운 밤
층층나무 언덕 올라가면
종이 거울에 지나간 허물이 떠오른다
아무나가 오지 않아도 좋아
나는 아직 나를 사귀지 못했어

>

자갈밭이 걸어오는 소리

바다 건너

블랙 오크 나무 걸어오는 소리

기쁨 희망 슬픔 분노 원망 불안을

조금씩 배합하여

이슬을 섞어 땅에 심어 보았어

이런 이종교배

너라는 씨앗

이 섞임은 흙도 혼란스럽다

혀가 갇힌 흙은 말해 줄 수가 없다

이 혼종이 싹이 틀지를

회항한 새들은 눈치챘었지

그래서 수정

물가에서

날개에 물을 묻혀 보는 거야

숨비 소리에

숲에서는 꽃가루 구름

여름

버스에서 내려
너의 집 앞으로 다가갈 때
외양간에서는 어미 소가 선 채로 송아지를
막 떨어뜨리고 있었다
내가 마당에 들어서기도 전에 송아지는
비척거리며 다리에 힘을 주더니
일어서서 겅중거렸다
정오의 빛을 반사하는
갓 태어난 송아지의 털빛이란!
암소의 다리 사이로
기분 좋은 바람이 흘러 돌아 나가고
여울에는 돌사과가
향내를 풍기며 썩어 가고 있었다
허리까지 우거진 잡초들,
풀벌레들이 소리 높여 울다가
갑자기 그치는 적막 속에서
너와 입 맞추기 위해 멈춰 섰다
미술관 소음 회화 앞에서
음향을 듣기 위해 단추를 누르듯이
모자를 한껏 젖히고

강이 하늘에 걸리고
낮달이, 물고기들이 그 강을 건너고 있었다

외로운 흙

외로운 흙 한 덩이가 있었어
작은 숨구멍에 보스스 솜털을 피우고 있었지
시계꽃
사금파리
종소리
새벽 시장이 왔다 지나가고
바닥 없는 연못
연못 바닥을 닦던 구름 걸레도 지나갔지

흙의 눈동자는
흙 속에서 풍선을 불다가
손사래를 친다
사랑하면서 미워하는 흙
리코더 소나타 리듬에
흙의 깜박임이 눈썹을 밀어 올린다
집착
미싱
연락 안 됨

외로운 흙 한 덩이는 키를 늘릴 수가 없다

손을 뻗칠 수도 없다
문이 없어
열었다 닫을 수 없는 그는
왔다가 가는 것들의
목록을 지울 뿐이다
세찬 비가 와서
흔적도 없다
소멸하는 추억들
기억들은 구름처럼 다시 뭉칠 수 있을까
이런 아침잠
이런 해체는 자유여서
해파리 같은 흙 한 덩이의 기억은 외롭지 않다

제2부

휴경지

돌처럼 가라앉았다 너의 슬픔 속에 키를 넘자 돌은 꼴깍 숨이 넘어갔다 광야의 체류자가 되어 나는 손가락으로 땅에다 글씨를 쓴다 물의 뼈가, 들썩이는 횡격막이 만져진다 끈질기게 뻗는다는 대나무 뿌리처럼 질긴 잠이 뇌수에 몰아쳐서 칼날 속에 박힌 육질을 놔 주질 않는데, 침묵 입자인 물속의 공명은 자유자재하다 박명 속에 죽은 이의 머리카락, 텅 빈 안구가 보인다 자해하는 자나 살해당한 자가 다 그리로 드나든다 물의 이빨이 붙든 것들이 지리멸렬해서 물속에서는 볼 수 있는 것들이 많다 가짜 성곽과 지붕과 야전 잠바와 파롤들이 장례식장에 나란히 선 생수병들처럼 속을 내보이는 불안들이 끝이 보이지 않는 구멍들을 움켜쥐고, 서풍에 흘러내리는 검은 흙덩이에 입 맞추며, 우리는 애석하다 드넓은 땅 귀퉁이에서, 정크 DNA를 많이 가진 육식성 식물처럼 당신의 슬픔은 내 손을 잡아 그 위에 자기 손을 얹고

청동 여자

그 도시의 중심에 가면 표지석이 있다
수국 꽃 아래에서 여자는 길을 가르쳐 주었다
서고에서 갓 나온 듯 묵은 종이 냄새가 나는 여자였다
장바구니에 넣어 두었다가 잃어버린 언어 몇 개를
찾아다니는 중이라고 했다
넣어 둔 지가 언제였는지 모른다고 했다
어디서 샀는지도 모르지만 잃어버린 것만은 확실하다고
했다
향기가 우물처럼 고여 있는 꽃나무 아래
등받이 없는 의자를 가리키며 앉았다 가라고 했다
그녀는 내 트렁크 속에
자신이 잃어버린 언어가 있는지 아주 궁금해했다
미래에 올 언어 같다고도 했다
소각장 가는 길을 내게 묻기도 했다
누가 다 끌어모아다가 태워 버린 것 같다고,
재가 되었어도 뒤져 봐야 한다고 했다
그 도시는 길이 온통 울퉁불퉁해서 낮과 밤, 월요일과
화요일,
일상적인 시간들이 오가다가 자주 넘어지곤 한다고,
동전이 주머니에서 튀어 나갈 때, 그 언어들도 튀어 나

갔나 보다고 했다

여자는 실은 죽어 가고 있었고

잃어버린 그 언어들이 자기를 회생시키는 묘약이라고 믿는 눈치였다

내가 다시 길을 물으려는데 바람에 주소를 쓴 종이가 날아가 버렸다

나야말로 이 말씀 몇 개를 찾지 않으면

오십 년 만에 도착한 이 도시에서

오늘 밤 당장 어디 묵어야 하는지 모른다

최초의 감정

마취도 없이 치르는 최초의 개두술 때, 뜨거운 골수를 만지는 감정,

밤새 기어서 바다에 닿자마자 파도에 휩쓸리는 어린 바다거북의 감정,

몇 개의 계단 위 제단에서, 깃털이 벗겨지고, 내장이 훑어지고, 둘로 쪼개어진 새 한 마리와 그의 피에 대한 감정,

발트해 리가 골목, 검은머리전당 옆에 놓여 사람들의 첫발을 받아들이는 네모난 돌의 감정,

여름 궁전 숲 그늘에서 너와 처음 헤어질 때, 뒤돌아보는 얼굴로 떨어지는 햇빛의 감정,

머리에 쓰는 새장 화관 속에서 우는 찌르레기의 울음은 울 때마다 최초의 감정이려니,

쇳물을 끓여 부어 만든 동종이 처음 울릴 때 종의 유두,

>

팔월 한낮 마당에 내리꽂히는 소낙비의 첫 발바닥,

내가 누구야 하고 그대를 부를 때마다 목젖 깊이 차오르는 최초의 감정,

임종 때 사람들이 서로 부르는 간절한 이름,

그 마음으로 천지에 가득한 최초의 감정

마를리의 포도밭

만개한 꽃들은 위협이나 자책이다
오래 망설인 고해나 화해이다
어둑한 창 안에서 우리는
밖을 내다보다가
버스가 생울타리 아래를 지날 때
고개를 숙인다
세상에서 가장 부드러운 사슬
떠나간 이름이
햇볕에 녹아 가는 유리창을
꿀벌처럼 밀어 댈 때
봄은 무기수인 우리를 태우고 먼 길 간다
포도밭에는 꽃이 없다
공기 중에 예리한 끌을 들이대고 조각한
동글동글한 전리품만 가득하다

공기리 사람들

침대 열차를 타고
일주일쯤 서쪽으로 가서
나의 마지막 문을 열고 가면
무너진 토성 안에
깨밭 콩밭이 보이고
앞뒤가 찢어진 잡지가 마른 개울에 처박혀
바람에 페이지를 열었다 닫는다
화물 엘리베이터는
양을 멘 목동을 실어 나른다
핀 드롭이 들리는 고요 속에서
꽃무늬 머리 수건을 한 조혼의 소녀가
야생 향을 따러 들판을 저으며 나아간다
까마귀 떼에게 들키지 않고 강을 건너가야 한다
온 오프 된 공원 한쪽에
장전된 총*으로 서 있기
방아쇠도 총탄도 녹슬어
귀머거리 침묵으로 서 있기

그때로부터 칠십 년이 차면
나는 새 무덤으로 쓸 땅이 필요하고

그들은 콩을 심을 땅이 필요하다
묵은 한 겹 속을 뚫고 들어가기보다
위에서 아래로 내려오는
새 땅을 찾을까 해
그 땅은 보이지 않고 나침반도 제멋대로지만

* 에밀리 디킨슨의 시에서 차용.

해안 보호

용서의 기술을 제대로 배우지 못한 해안은
자주 비가 내렸다
그렇다고 복수의 기술은 더더구나 배우지 못해
그냥 빨간 떡볶이를 먹고
빨간 신을 신고 멋없이 뛰어다니다 온다
맑은 솥 안에 쌀을 안쳐 보기도 하지만
같이 먹을 식구는 없다
없는데도 장작불을 들이민다
천년 하던 짓이다
밥을 먹어 줄 누군가의 입 누군가의 목구멍
유연한 식도가 필요한 해안은 오늘도
긴 해안선에 붉게 불을 피우고 있다

수평선에 안개가 가득할 때
아장아장 걸어오는 아기들
앗
이 아이 생일이었나!
수없이 낳았던 아이들
이름도 얼굴도 안개
안개를 보면 문득 아기들이 떠오른다

내가 버린 아이들이 물결에 쓸려가다 먼 바닷가에 멈췄다지
소금이 엉겨 소금 인형이 되었다지
바다의 소금이 내가 버린 슬픔들이라니
녹슨 가위로 혼자 억지로 탯줄을 잘라 내던
배꼽 언저리를 만져 본다
이제 혼자 그럴 일은 없다고
썩지 않는 해안은
콘크리트보다 강인한
병원선을 기다린다 유령같이 그가 올 것이다

언니

언니
내 두 손 모아 밝은 빛을 가득 받아 올리오니 받으세요
사백 년 만에 만난 우리지요
왜 그러셨어요
사람을 사랑하지 말고
차라리 그냥 하늘이나 구름이나 나뭇잎을 사랑하셨다면
돌을 사랑하고 달빛을 아꼈더라면
애절한 언니 마음 그들은 알아주었겠지요
흘러넘치는 사랑과 시를
몰래 구부리고 앉아 쓰는 야윈 어깨가 눈에 선합니다
당신이 밟은 문 앞의 돌들이 모래가 되도록*
그이는 오시지 않았지요
언니가 불러들인
갈매기와 기러기로 해서
강은 넓어졌고 하늘은 길어졌어요**
그 큰 품을 쏟아 놓을 대지를 찾느라
온몸에 시를 두르고 바다를 건너셨군요
이 괴이하고 아름다운 주검,
작은 몸에 깃들인 시혼을 깊은 동해도 삼키지 못했어요
언니

옥봉 언니

다시 오시면 이 땅 이 하늘을 끝없이 펼쳐 드릴 테니

그 사모함 그 기상을 마음껏 쏟으세요

지금껏 우리도 뚫어 내지 못한

사람이 만든 철벽 앞에

몇백 년 봄바람으로 부는

언니

옥봉 언니

*, ** 옥봉의 시구절: 옥봉은 16세기 후반(조선 중기)의 여성 시인으로, 서녀로서 사랑하게 된 조원의 첩이 됐으나 시를 쓰지 않겠다는 약속을 어기고 시를 쓴 죄로 내쳐져서 떠돌아다니다 죽음.

자서自序

묻어 줄게, 오, 아가, 눈을 감겨 줄게 안아 줄게 누이여 머리 풀어헤친 누이여 물푸레나무 아래 흰 강, 그 물 위에 떠 가는 검은 머리카락은 뱀같이 실뱀같이, 죽어서도 어여쁜 몸을 휘감는데 물고기가 와서 너의 고운 눈을 코를 조그만 유방을 물어뜯을 때 추억으로 괴롭던 감각도 끝나 버리고 부드럽게 부푼 빵이 되는 누이여 꽉 움켜쥔 주먹은 양수 속의 그 주먹인데 무한 폐허 속으로 빨려 들어가 죽음 안에 잉태되는 성벽 같은 누이여 들어옴과 나감을 기억하는 자궁 속으로 첫 새벽처럼 푸른 물고기가 헤엄쳐 온다 누이여 아직도 그 샘은 유효한가? 묻어 줄게 누이여 너의 본토에, 물이나 혹은 흙 속에, 그들은 가장 부드럽고 강한 남근, 네 야윈 뺨을 검붉은 흙 속에 묻고 자거라 누이여 입안 가득 고이는 허무는 씨앗을 품듯이 품고 이제 희망의 실뿌리는 내지 말거라 그 실과는 씨방이 여물지 못하는 낙과뿐이니 잉태에 관한 모든 짐을 벗고 오, 아가, 너만을 위한 잠을 자거라 다시 한번 젖꽃판 짙은 젖을 물고 네 안의 동굴로 들어가는 기쁜 잠을 청하거라

보로로 부족 처녀의 노래
—슬픈 열대

부채 모양의 그 늪가에서 당신이
내 얼굴에 아라베스크 무늬를 그릴 때,
석양의 늪은
오렌지처럼 물들었어요

처음 이마에 한 줄을 긋고
내가 당신의 사랑이며
당신의 여자이며 당신의 즐거움이라는 것을
나타내 주었을 때,
당신은 나에게 신이 되었어요

흑소 뿔에 끓여 나눠 마신 마테차 한 모금은
타는 불에 데는 듯이 쓴 탕약,
몸이 뒤바뀌는 우리의 입맞춤

칠흑 어둠 속에 당신을 만나고 오다 보아 버렸어요
으르렁거리는 낮은 짐승 울음소리의
신령한 악기를요
나는 내일 눈이 멀어야 해요

>

이제 더듬어야 느낄 수 있는 나를 위해
당신을 닮은 목각을 깎아 주어요
사냥꾼 당신, 전승 기념으로 포아리*를 불어 주세요

나는 빌어요
높은 나무에서 갓 떨어져 으깨어진
달콤한 야자열매 같은 여자의 품에서
나의 냄새를 맡으시길요

한 시절 지나 당신이 그려 준 얼굴 문양이
황홀한 주름으로 새겨질 때
다시 만나요
자, 저 장엄하고 변함없는 판타날 늪에 맹세해 주세요

* 포아리: 보로로 부족의 악기.

어떻게 그들은 자신들을 만났는가?*

갈대 돗자리를 짜고 있는 아낙 곁에서
화산석에 커피콩을 갈고 있는 남정 곁에서
웃는 거미가 묘한 표정을 하고 나타났다 숨는다
해주에서 열네 살에 내려와 일가를 이룬 형부가
한 줄기 눈물을 흘리고 가신 것은
이 땅에서
아웃사이더가 되는 법을 배우지 못하신 것
호양나무가 하늘을 찌르는 고장에
성벽에 붙이는 부고장처럼
인간에 대한 예의는
먼 땅 어딘가에 아직 남아 있다는데
평생 외로왔던 형부는 중환자실에서
치매 노인으로 떠나가고
먼 나라에서 온 이주민들은
고국 하늘로
눈동자 같은 열기구를 띄운다
밀랍 날개가 녹아내린다
이름도 예쁜 부룬디공화국에서 찾아 와
고생 끝에 빌라로 이사한 디디 아빠네 집에 가 봤다
디디와 디디 엄마는 구제 핑크 재킷과 원피스에 환호했지만

책장에 꽂힌 히브리 바이블은 웃지 않았다
불의 아들을 낳다가 타 죽는 여신처럼
모든 노마드에는
어떻게 자신을 만나는가? 라는 질문이 있다
디디네 문간방에는
몇 달 전 도착하여 난산을 한
젊은 엄마가 산후조리를 하고 있었다
체격이 큰 남편은 인사를 하고 주방 쪽으로 가 배낭에서
몇 개 안 되는 음식물들을 꺼내 놓았다
나는 지갑에 든 이만 원을 꺼내지 못하고 왔다

* 〈어떻게 그들은 자신들을 만났는가?〉: 단테 가브리엘 로제티(1851~1860년), 펜과 잉크.

초승달 축제(new moon)

캄캄한 절벽 끝에서 실반지가 떠오르고
언젠가 풀어질 비단 오랏줄이
천 개의 슬픔을 꾸러미로 묶습니다
등불은 어처구니없는 사랑을 한 후에
그녀를 죽였습니다
강물 위로 뜨는 죽은 달의 살을 베어 먹고
나는 그 덕목을 섭취했습니다
기억의 공중에다 길을 내는 화살표가
거세된 샤먼에게로 갑니다
그의 눈은 말라 버리고 손과 발은 잘렸습니다
남자를 매다는 형틀은
날개가 많아
캄캄한 저녁을 끌고 올라갈 수 있습니다
형틀 밑에 타 버린 연기와 재에서
달마다 움이 트고 흰 싹이 돋는다지요
밤의 맹렬한 파도는 모서리가 또 깨지면서
사람들의 골목 끝으로 몰려갑니다

우연들, 봄꽃

무기를 사기보다는 집을 짓자고
모래는 속삭인다
흘러내리는 연기 기둥을
애써 세우면서
그러나 배경이 되어 주는 태양의 바깥을 향해,
청명하고도 영원한 바깥, 바깥 쪽으로
우리는 질주해야지
정당도 의회도 투사도 없는 곳,
새로운 태양, 새로운 배경을 향해
어제 새로 산 차는 빛을 흩뿌리며 질주하지
흠집을 사랑하는 곳, 잔해만 남는 곳으로 가서
제대로 부서져 봐야지
보정이나 수리를 맡기기 전에
크러쉬!
대상도 적도 없는 곳에 가서
무한 반복의 충돌이 침묵을 낳기까지
알맞은 때에 죽어야 하지
공들여 깎은 프랙탈이 아깝지 않은
잠이 오지 않는 밤,
멸절이 바로 저기여서

벼락 속의 고요가 다가오기도 했지
봄날 흰 꽃은
정박할 데가 없지

찢어진 편지 1

물결무늬 바위에 물결을 새긴 물결은 멀리 바다로 나아갔다

서호주 미들섬 분홍 호수까지 갔다

잠수종들이나 연체동물, 해초들이 여기서는 분홍 소금이 되어 갔다

오래된 화석에서 솟아난 새는 무용수처럼 모래톱으로 빠져나갔다

문장들도 공기 사이로 빠져나가 쇠 종 모양의 부리를 한 별들에게 날아갔다

끊어질 듯 이어지는 사슬들이 창공에 매달린 거대한 고드름에 부딪혔다

뒤돌아선 거울들이 몸을 돌이켜 나를 보자 쨍- 하고 금이 갔다

메울 길 없는 틈 사이로 두근거리는 사물들의 고동 소리,

>

모든 격앙된 것들을 흡수하는 공기의 빨판이 맨발로 보이지 않는 춤을 추고

당신의 몸값을, 혹은 집값을 매기려고 서명하는 펜 끝에서

푸른 피가 밤에게로 흘러넘쳤다

고등어 길

아가미 속에 금강석이 있는가? 5번가, 10번가, 복잡 다양한 거리를 지나 복도가 유난히 길고 구불거리는 그 마트에 갈 때마다 고등어 입을 다 열어 볼 수는 없었다 옆 라인으로 돌아가면 줄이나 톱이나 칼이나 냄비나 유용한 도구들이 많이 있었지만, 지레짐작이거나 무의식중에 어쨌든 마음눈으로 금강석을 입에 감춘 고등어를 찾아야 했다 왕의 제사에 오른 귀한 생선인 줄도 모르면서 내가 고등어에 집착해 온 것은 전생에 왕가의 피가 흐르기 때문인지도 모른다

아니면 나는 수렵하는 부족의 딸이었는지도 모른다 양동이를 들고 잠뱅이를 걷어붙인 아버지를 따라 천렵을 다녔는지도 모른다 아버지는 울창한 숲에 둘러싸인 바닷가에서 세이렌이 부르는 노래를 흘려 들으면서 그물을 잘 내리셨고 펄떡이는 물고기를 곧잘 건져 올리셨다 낡고 정다운 배는 아버지의 집이었고 아내였다 아버지는 만산홍엽의 어느 가을날 오후, 낡은 배에 앉아 흔들리면서 언젠가 금강석을 입에 문 물고기를 만날거라고 처음 이야기해 주셨다

그 마트에 갈 때마다 눈여겨보지만 아가미에 금강석을 감춘 고등어는 아직 없었다 늘상 고등어 아가미는 단호하

게 잘렸고 몸통은 노릇하게 구워졌다 나를 닮아 고등어구이에 열광하는 딸에게, 유모차를 밀고 마트에 갈 딸에게 금강석을 문 고등어를 꿈속에서라도 이야기해야 한다 아버지의 아버지 그 아버지, 태곳적부터 찾던 그 반짝이는 것을 숨긴 물고기를 말해야 한다 아닌가? 고등어가 숨긴 금강석을 말해야 하나?

모든 곡물이 밀로 귀착되듯이 공중에 떠도는 반짝이는 것들을 끌어다가 입에 꼭 물고 있는 고등어가 너의 밥상에 올라오리라고…… 오늘 우리 거실에서 요셉 보이스가 꿀과 금박을 뒤집어쓴 채, 죽은 토끼에게 그림을 설명하고 있다 나는 아직 살아 반짝이는 딸에게 보이지 않는, 그러나 보이는 고등어 입 속의 반짝이는 금강석을 이야기한다

사냥꾼

11월에 보는 청명한 오리온자리
정남쪽 하늘의
싸늘한 푸르름에 절여진 내 활은 오늘
다시 강해졌다
캄캄한 숲으로 사냥을 떠나는 말발굽도
덩달아 강해졌다
철과 동이 열리는 울창한 교목 숲
나는 화살을 부러뜨리지 않고
노루를 잡아야 했다
관이 없는 노루는 발이 빨라서
무겁게 드리운 광물질의 나뭇가지 사이를
힘차게 달린다
버섯들의 포자가 차가운 공기 중에 숨어
몇 달 뒤의 발아를 기다릴 때,
저렇게 몸통이 다 드러나는 질주를, 도주를
나무들은 가려 줄 수가 없다
전생에 저도 사냥꾼이었을 노루를 내가 뒤쫓으며
실은 내가 그 노루였던 적이 있었음을
순간
기억해 낸다

큰 숲도 튼튼한 태처럼
우리들을 받는다
철렁! 하고 강철 햇빛을 투과하여 철이 된
과일 하나가
내 어깨 위로 떨어질 때,
이 광물질의 숲에서는 모두 다 무기이고
모두 다 먹이다
네가 내게 잡혀도
내가 네게 잡혀도 포획이 아니다
서로 안에 들어가는 정다운 절차,
지상의 모든 사냥은 거룩하고 유쾌해진다
먼 미래, 그러나 현존하는 왕국의 이야기이다

선물

빨간 우체통 옆 풀밭 위에서 이슬 묻은 신문을 집어 오는 것
강아지풀을 뽑아서 아침잠에 빠진
네 입술을 간지르는 것
목책을 넘어가는 구름을 떠다가 찻잔에 담아 마시는 것
들판에 나가 작은 풀꽃들에게 이름을 물어보는 것
여린 뿌리를 흙덩이째 떠다 페트병을 잘라 심어 주는 것

아하
실개천을 거슬러 오는 송어들에게 감탄을 보내는 것
그때 지나가는 티티새가 눈을 맞추는 것
한번 간 길을 다시 가지 않는 무지개를 만나 beyond를 꿈꾸는 것
나른한 오후
책 속에 들어가 문자를 떠나가는 것
밑줄 친 문장이 모래처럼 쏟아지는 것

밀가루에 따뜻한 우유를 부어 불끈불끈
반죽하는 것
담쟁이 가득한 벽에서 창문을 떼어 냈다가
다시 덧대어 놓는 것

겸손한 꿀벌들이 반쯤 열린 창문을 가벼운 날개로 윙윙
벼슬 꼿꼿 거만한 닭들은 머리를 다리 사이로 감춘다
모래주머니에 담아 둔 곡식들이 꼬꼬댁 되돌아 나오는
오늘 하루도 선물

해거름에 배가 고파져
저 멀리 언덕에서 곤두박질 뛰어오는 아이들 소리!

빵과 침묵

떠나간 아들이 못 견디게 그리운 날
할머니는 빵을 굽습니다
전쟁의 연속인 세월 속에
빵 굽는 화덕은 식지 않습니다
심장 모양의 빵들을 줄줄이 빚어 놓고
비가 없는 뜨락에다 내어다 널면
포화에 어깻죽지 다친 새들이 어두운 저녁
지친 부리로 파고듭니다
줄줄이 퇴짜를 맞은 기도마냥
빵들은 가슴이 파여 굳어 갑니다
아들과 함께한 기억들을 은박지에 꽁꽁 싸 놓고
사막의 별들에게 하나씩 찢어서 박아 놓는 할머니는
그림자를 길게 드리우고 떠나던 뒷모습 그대로
돌아보던 맑은 눈 그대로
아들이 별 속에 박혔다고 생각합니다
탈출구도 비상구도 없는 전장에서
그 애는 별들에게로 피신했을 것이라고,
나이만큼, 떠난 날 수만큼 구워 놓은 빵들이
버벅거리고 말을 하려고 할 때쯤
별이 된 빵들에게로 아들에게로

할머니는 서둘러 길을 떠납니다

비난할 누구도 알지 못한 채 시대의 태반 속으로

다시 걸어 들어가는 두 모자는

어느 지휘자의 지휘봉 끝에서

어떤 별에게로 점지될까요

별빛이 쌓여 있는 모든 곳, 삶은 여기서 말 못 하는 벙어리입니다

우리는 최후의 까마귀들이 까아 까악 울어 대는 소리를 듣고 있습니다

반월역

널빤지가 뜯어져 있었어
우거진
달빛이 그리로 빠져들어 간 거야
치명적 그리움이 하늘에만 떠 있다가
지상에 가끔 내려오는 곳
여기까지 오느라
이 달빛이 상한 건지 알 수 없지
맛볼 수가 없으니까
그러나 역 앞마당에 나가 보면 안다
싱싱한 달빛이 좌판에 비늘 반짝이며
추억을 뒤척이는 걸
한낮 나나니벌은 생울타리 잉잉 넘어가고
오이며 부추며 열무 팔러
텃밭 채소 이고 오시는 우리 할머니
노을 넘어 오시고
지나간 것이 다 그리운 사람들은
역 이름을 입안에 읊조리며 간다
반월역이라고?
반이 지나가고
반이 남았던 그리운 시절

반만 벙글고 반만 이울어
정점인 줄 알았던
바로 거기가 여기라고?

장미 도둑

영화 속에서 돌아가신 아버지가 어미에게 남기고 간 장미 한 그루를 처음으로 사랑하게 된 소녀에게 캐어다 준 소년은 어떤 죄목을 물어야 할까요? 낮고 느린 음악을 밟으며 처음으로 어머니와 춤을 추는 저녁, 둘은 무언의 화해를 했는데요

내 심장의 가장 고운 것을 우려다가 다른 이의 마음에 물들이러 가는 딸아이의 등을 바라보니, 긴 머리채가 흔들릴 때마다 묵직한 향기의 무게가 철렁 만져집니다.

딸아, 어떤 무거움도 생글생글한 미소로 매다는 법을 배우는 너의 각진 쇄골에 드리우는 생이 환하구나. 다른 이를 향하는 저 붉은 빛은 내가 저를 사랑하던 붉은 빛과 어찌어찌 비슷하여,

드높던 햇살이 잠잠히 졸아드는 해거름, 노을 속에 긴 머리채 흔들며 비탈을 내려가는 딸의 등 뒤로 반짝- 불이 켜집니다. 황홀합니다.

제3부

안녕 엄마

먼저 텐트를 걷어들고 가셨다
잠시 애도하는 나도 따라 떠날 것이다
바람을 피하고 해를 피하려고 장막을 쳤었다
땅에 심은 말뚝에서 잎이 나고 꽃이 핀다
긴 나라
먼 나라
또는 가까운 나라
중독이나 집착을 거부하기 위해
아침마다 하늘 한 바퀴를 돌다 오면
매일 달라지는 무게에 기쁨을 느낀다
재가 되어 입이 사라질 때까지
가벼워진 기억조차 떨구러 갔다 온다
모든 말은 태워져야 한다
발자국에 담긴 달빛
맑고 카랑한 음향
그 그림자를 따라간다
또로록 똑똑 새벽에 듣는 피아노 소리 너머
나이기도 한 너를 만나고 올 때마다
반쯤 열리는 문
네가 보고 싶어

내가 울먹이기도 하는 행복이라니!
우리 내일 일찍 일어나
포도원으로 내려갈까
포도 움이 돋았는지 석류꽃이 피었는지
함께 보러 갈까
거기서 나는 내 사랑을 너에게 주고 싶다

꽃 피는 아몬드 나무*

모두 돌아간 뒤 검은 칠판 앞에 서서

혼자 쓰던 이름들

쓰다가 돌아보면 연분홍 꽃들이 공중에 줄줄이 엮혀 있다

박물관 안마당은 새로 길을 내느라 조용하다

망치 소리가 없다

보아서는 안 되는 무서운 것을 보아 버린 눈동자,

말라 오그라든 가지가

어느 날 다시 꽃 핀다면, 근육이 된다면

입고 간 옷 한 줌

소름 한 줌, 비명 한 줌

>

가지에 걸쳐 놓고

이곳보다 더 나은 어디?

어느 곳보다 더 좋은 이곳?

* 〈꽃 피는 아몬드 나무〉: 빈센트 반 고흐.

모여라 슬픔

알 수 없는 문을 지나
들어가 봤다
문은 등 뒤에서 곧 사라졌다
안개 자욱한 실 같은 길이 이어졌다
햇살이 어디선가 비추고
호수는 거울같이 무섭다
그래
여긴 누군가의 내장 같아
그 내부는 분명 어디서부턴가 썩었을 텐데
그래서 어디서부턴가 잘라 냈을 텐데
둘이 하나가 되기로 했다고
청첩장에 쓰고는
그 방법은 몰라
어디야 어디
네가 열리는 곳 내가 열리는 곳
되돌아 나갈 길도 없고
네 속은 밖에서 쳐다볼 때보다 더욱 캄캄하다
결혼보다 더 캄캄하다
내비도 없이
한 발 내딛을 때마다

상처가 풍기는 비 오는 저녁 같은 냄새
축축함과 애잔함

몸 개그가 있다면 몸 슬픔도 있지
몸에 축적되어 몸이 먼저 아는 슬픔
5월 광주라거나 4월 안산, 우크라이나
듣기만 해도 우리 몸이 먼저 반응한다
공동의 슬픔
모여라 슬픔
가만 두어도 이미 몸이 된
우리들 슬픔
피해자만 남은 슬픔 속에서 돌아 나올 길을 잃었다

문

문은 안쪽이 궁금하다
계단을 머리카락처럼 거느린 문은
기분이나 나이 풍선을 귀에 매달고 날아간다
아침을 굶으려는 식탁에
구름을 꽂은 화병이 놓여 있고
천혜향은 노란 품을 열어 놓았다
담요 밖으로 내민 손
하늘을 향한 흰 맨발은 분홍 발톱으로 살아나
하늘을 지그재그로 저어 간다
바깥이 궁금한 문은 물방울 딸의 손을 잡고
더 멀리 나왔다
구름에 젖다가
바다에 떨어져서 한 잎 배가 되었다
부푼 빵처럼, 부푼 문은 글씨가 씌어진 채로
물속에서 해체되었다
문이 본 안팎은 비늘돔 속으로 들어가
수산시장에서 가장 빛나는 비늘이 되었다
나의 식탁에서 오늘 아침 노릇노릇 구워지는 문,
궁금한 채로 푸른 접시에 놓여 있다
예리한 젓가락이 이 글자들을 낱낱이 헤쳐 놓고
나는 눈으로 그것을 천천히 먹을 것이다

운디드니, 광주

잡초 뿌리마다 금이 따라 올라온다 해서 빼앗겼던 땅
앉은 소와 먼눈과 붉은 구름이, 점박이 꼬리와 무딘 칼*이
다시 돌아와 운다
들소와 사람들을 살육하는 아우성과 피 냄새가
골짜기와 평원에 가득할 때
가장 오래 살아남는 땅과 나무들은 의아하다
버들가지와 높이 자란 풀들,
흰 영양과 갈까마귀들도 의아하다
올리브와 무화과와 들포도 나무도 의아하다

우리들은 아무도 짓밟거나 짓밟힐 마음이 없다
기름을 내고 실과를 맺으면 그뿐,
가시풀 뒤엉킨 마른 강을 건너온 들짐승이
포도 열매로 목을 축이면 즐거울 뿐,
사람들은 우리보다 짧은 생을 살면서
어울려 사는 법을 모른다고

밟혀도 일어서는 힘센 영혼
힘센 정령들이
햇볕 따뜻한 들판에서

슬프고도 고요한 춤을 춘다
흰 나방 떼처럼
공기 속에 끝없이 자취를 낸다
춤이 무기이고 제의인 땅에서

* 앉은 소, 먼눈, 붉은 구름, 점박이 꼬리, 무딘 칼: 인디언 추장들의 이름.

춘파 만 리
—마지막 당부

아버지는 줄기가 단단한 나무를 베어다가 몇 년째 작은 배를 만들고 계셨어요

해가 기울도록 턱을 괴고 앉아 기다리기가 지루한 언니와 나는 배고픈 염소들을 풀 많은 곳으로 옮겨 놓곤 했습니다

램프의 불빛을 밝혀 놓고 어머니는 무리 발자국 소리에 귀를 기울이셨어요 숲속에서 길을 잃으면 불빛이나 푸른 말뚝을 찾아갔지요

사자를 조각하고 싶은 나는 편도나 자두씨에 바람을 새겼습니다 어느 높은 나무 아래 잠들어도 다 바람의 집이었어요

봄날 하루 아버지도 삼촌도 아득한 녹나무 숲으로 들어가셨습니다
꿈속처럼 숲이 우거지고 수종이 몇 번 바뀔 때 뭉게구름은 식구처럼 다정한 얼굴이었습니다

만들다 만 배는 풀밭으로 달아나려는 배고픈 염소처럼 나무에 묶여 늙어 갔고 꽃 사태로 수레가 멈춘 다음 날,

>

떠났던 사람들이 서로를 비추는 거울, 조팝꽃으로 피었습니다

죽음이 두고두고 먹이가 되는 땅에서 더 이상 내가 아닌 것들, 서로 음식이 되는 동류들이 모여 지천의 꽃으로 피었군요

꽃이 먹어 버린 마음들은 무엇일까요 얼마나 될까요 무엇을 기다렸을까요 그들의 거소는 여기가 맞나요

희미한 당신의 마지막 말씀이 새로 피는 꽃처럼 선명한 날입니다

비명

11월 가을 저녁, 시카고 상공에 외줄 타는 서른다섯 저 사내는 지금 비명悲鳴을 타고 가는 것이다 밤의 빌딩들을 섬처럼 띄워 놓고 한 발 한 발 검은 바다로 자신을 던진다 참던 숨을 내지르는 도시의 포효가 하늘을 덮어 외줄은 한 자루 날카로운 은빛 장검이다 오늘은 누구의 간절한 절망이 공처럼 튀어 올랐나 아무도 와 주지 않는 뒷골목에서 강간당하고 죽은 어린 소녀나 난자당한 창녀, 그들의 싸늘한 승천, 빌딩들 위로 높이 높이 초승달 아래 죽음은 너무나 깊은, 깊어도 너무 깊은 바다, 아차 하면 곤두박질쳐 피투성이도 안 남을 아슬한 시공을 사내는 한 장 나뭇잎으로 나부끼며 건너간다 숨죽여 눌러 놓은 통곡이 문 열고 나와 검은 창공에 한 획으로 그어진다

트리하우스

뱀이 난간에 앉아 있다 가는 집

별이 내려와 잠들다 가는 집
비와 안개가 쓰다듬어 물방울이 되는 집

옷도 집도 패치를 붙여 기워 나가는 집

음악이 빛을 응시하는 집
들어오는 길도 나가는 길도 하나뿐인 집

숲이 만지고 다다르고 감싸안고 감싸지는 집

구불구불 불안한 기호가 범람하는 집
웅크려 숨어 있다 녹색 두꺼비처럼 튀어 오르는 집

주인공이 창문인 집
창문이 눈동자인 집

멀리 떨어져 있어도
도시의 거리를 바라보는 집

>

(○○○ 해변)

즐비한 유리창들의 호리는

시선을 잡아당겨 둥글게 구부리는 집

횡단보도를 건너는 뒤뚱거리는 암탉과

시선을 맞추는 집

내가 다시 어린이가 된다면

십 년쯤 날 데려가서 살고 싶은 집

우거진 푸른 나뭇가지 아래 더운 피를 눈치채고

뚝 떨어진 진드기에 더러워진 피

다 뜯기고 싶은 집

집은 나무 위에서 전능하다

자퇴한 여고생 마지막 교복 치마처럼

부풀었다 쪼그라졌다 다시 부풀 때

집은 숲속에서도 다 알고 있다

진흙 인형

진흙 인형이 운다
비누 인형이 운다
너무 사랑스러워 품에 꼭 안아 주었는데
눈썹도 입술도 흘러내린다
바니쉬를 바르지 않은
순수한 살결이 무너져 내린다

씨를 말리는 트로피 헌터들에게 당하는 동물들
14년 품삯을 멋대로 뜯긴 일꾼
이토록 오래 의붓아비에게 몹쓸 짓을 겪는 딸
먹을 것이 없어 자식을 굶겨 죽인 어미

깊은 밤 숨죽여 우는 소리
발끝으로 가서 귀를 대 보지만
흐느낌이 아니라
못을 뱉어 내는 소리
비가 내리면
세상의 흐느낌들이 묻어 내린다
굳게 닫힌 문지방 아래를 흘러
길게 누워 TV를 보는 거실들로

돌아 나온다

비를 맞으면 안 되는
다리를 저는
진흙 인형이
운다
비누 인형이 운다

사소한 정의*

새 울음소리를 듣고 그 이름을 구별하려고 숲에 참 많이 갔다 아침이나 저녁 선선한 때뿐 아니라 햇볕이 뜨거운 한낮에도 갔다 사소한 것에 집착하던 때라 이것은 내게 아주 중요했다 가 보지 않은 나라의 골목이나 도로명이, 책에서만 읽은 도시나 산 이름이 한 글자만 틀려도 잠을 이루지 못하던 때였다 사소한 것들은 나를 끌고 다녔고 명령했고 나는 복종하느라 세월을 다 보냈다 드디어 나는 홍방울새, 찌르레기, 물까치, 되솔새들의 울음소리를 듣고 몇 초 안에 그 이름을 맞추게 되었다 나는 기뻤지만 세상은 변함없었다 그 시절을 보내며 결혼을 하고 아이들을 낳았다 아이들이 학교에 입학하고 졸업하는 사이 가족 중의 대장은 뇌수술을 세 번 했다 몇 년 후에 숲에 가니 새소리가 다시 구별이 되지 않았다 새들의 울음소리는 허공을 찍다가 내 귓가를 스쳐 조용히 풀숲으로 스며들었다 실은 사소한 것들과 중요한 것들 사이에 조용히 짜 넣어진 새소리는 항상 있었다 아침 저녁 숲에 가지 않아도

* 『사소한 정의』: 앤 레키의 소설.

앨리스

어두운 데서는 사람이 보여도 무섭고
보이지 않아도 무섭다
박명의 시간 개와 늑대의 시간
먼빛에 보이는 소녀들은 누구에게나 이상형,
영원히 자라지 않는
길고 가느다란 양성의 아이는
마을 입구 회화나무 한 그루나
향기와 꽃잎을 한 계절 피워 내는 들장미로 남았다
테디 다방에서 피아노 선율이 흘러나온다
황홀경을 알 때까지 아이의 목은 원피스에 잠겨 있다
거울 뒤 시간의 문 벽난로 속으로
사라졌다가 나타나는
키가 늘어났다가 줄어들기도 하는 나라에서
모든 눈높이들은 불편하다
갑자기 고개를 돌리며 말을 걸어오는 꽃들이 수상하다
내 눈물에 빠지진 않을 거야!
내 키는 어제가 제일 적당했어
지금 자라는 키가 어느 날 정지할 때
우리는 숲속으로 들어가
자라게도 하고 줄어들게도 하는 버섯을 먹는다

지하 동굴로 떨어지거나
공중에서 줄타기를 하는 꿈

오늘 도서관은 폐관합니다
벤치 멤버 오늘 하루 마감합니다
폐허 만들기 내일 계속합니다

미싱missing

제 생일을 아세요
언제 태어났는지 몰라요
내일인가요
몇 분 후일 수도 있어요
우거진 덤불 뒤에 달이 맺히는 시간에
기도하는 수도원 아이들,
얼굴도 모르는 엄마 아빠가 자길 찾아왔으면 하고
기다리는 아이들
내장이 다 보이는 괴물이 자기를 반으로 갈라 반을 가져가는 꿈을 꾼 아침,
먹이를 쪼는 새 무리 속을 걷다가
나뭇가지에 열매처럼 올라앉아
멀리 그림자를 기다린다

TV에서 독수리에게 청어를 던져 주는 독수리 아빠를 봤어요
유기견을 데려와 치료해 주는 강아지 아빠,
얼음 위에서 두 발에 아기 펭귄을 올려놓고 두 달을 견디는 펭귄 아빠,
사라진 엄마 대신 아기를 기르고 죽어 가는 가시고기 아빠,
나에게는 왜 이런 아빠가 없지요?

>

아가
꿈에도 잊지 못하는 아들아
무저갱처럼 입을 벌리는 헛된 희망에게 나를 먹잇감으로 던져 주는 중이란다
희망이 없기에 내 마음은 콘크리트로 덮여 버렸단다
아픈 생의 관절이 아주 꺾여 버릴 때
꽃들도 낙엽들도 빌딩들도 재가 되어 내리는 도시에서
나도 나를 태워 재가 되는 중이란다
흐린 유리 깨어진 거울 속으로 건너온 지 오래란다
다시 너에게로 갈 수 없구나

나도 아버지를 모른단다
무화과 나무 아래서 나를 보았다는 아버지의 아들을 나는 따라가지 못했단다
근본을 찾지 못한 헛헛함
우리는 당대가 끝이란다

그러나
네 안에 내가 있어
나를 찾는 기도 소리를

바람 소리에도 빗소리에도
듣고 있지 않니
아가 내 아들아
거울에 네 얼굴이 비치면 그것은 아버지란다
너에게 갈 수 없는 아버지란다
너 자신이란다
마가단으로 떠나는
나를 찾을 수는 없을 것이다

우리는 경찰서 뒷마당 나무 의자에 앉아

우리는 경찰서 뒷마당 나무 의자에 앉아
우람한 근육에 검은 선글라스를 쓴
젊디젊은 후배 형사들을 바라봅니다
오늘은 당신이 35년 근무에 마침표를 찍는 날,
아! 당신도 저리 늠름했었는데
그때는 동생들도 많이 거느렸었는데
지금은 마중 나온 후배 하나 없고
상관의 전화 한 통 없군요
삼십 대 후반에 두 번 수술한 뇌종양이 다시 도져서
3차 수술을 한 당신을
등 떠밀어 내보내는 날,
좁은 경찰서 뒷마당으로 초조하게 드나드는 범죄자의 가족들,
그들이 졸아붙어 애원하는 그 방 앞에서 우리도
퇴직 서류에 도장 찍는 걸 기다리고 있습니다
장성한 아들들은 타국으로 나가고
딸은 사는 일이 여전히 바빠서
정복 입은 사진 한 장 찍어 줄 사람 없는데
눈길에 쓰러져 가며 막내 대학 졸업까지는 다닐 거라고,
내가 80년대 데모 막느라고,
범인들 잡느라고 어떤 고생을 했는데!!

나도 근무할 권리 있다고!!
3월이면 청문관이 와서 퇴직을 강요할 때마다
왼쪽이 마비된 몸을 떨어 가며 호령하던 당신
오늘 말없이
절룩거리며 자판기 커피를 뽑아다 내게 내미는 당신
꽃다발 하나 없이
열 번 태어나도 경찰을 하겠다던 천생 경찰인 당신을
정의로운 당신을 밀어내는 이 큰 무엇 앞에서
단지 곁에 있어 주는 것 외엔 해 드릴 게 없는 아내가
벌점 하나 없는 영예로운 근무를 치하드리고
퇴직을 축하드립니다
내가 꽃다발이 되어 드리고
내기 표창장이 되어 드릴 테니
오래오래 곁에 살아 주기만 하소서

침묵의 입

수상생활 하는 바자우족 마리아는 배 위에서
셋째를 낳다 숨을 거두었습니다
배 위에서 산 일생이
그때서야 외딴섬 깊은 흙 속에 안식했습니다

음악 행상에게서 노래를 사서
노란 비밀을 노래에 숨겼어요
노래를 들으면
비밀이 향기처럼 흘러나옵니다
눈도 안 뜬 아기를 두고
흙 속에 묻힌 마리아
죽어 가는 어린 돌고래를 등에 업어
숨 쉬게 하는 어미 돌고래
말할 수 없는 것들은 침묵을 지켜야 합니다
노래를 사서 노래에 침묵을 숨겼어요
보호 종료가 끝나 보육원을 떠나는 열여덟 살 은이는
어디로 가야 하지요?

마음의 근육 기르기에 좋다는
오래된 차밭을 찾아가는 길

왜 슬픔을 먹는 포식자는 없는 걸까요
새벽에 보는 죽은 이의 전화번호
페북 속 환한 얼굴이
깨달음은 늘 뒤늦게 온다고 속삭입니다
고요한 시간
시간의 등 뒤에 서 있으면
침묵의 중얼거림
침묵에도 입이 있습니다

감정 사회
—인사이드 아웃

시나이 사본을 열어 가다 보면

아각 왕이 태우는 양이나 소의 뿔이 보인다

몸통은 놓아 두고 뿔만 태우는 사람들

오배자 잉크를 찍어 공중에다 뿌리는 음표들

갓 청소한 샘가로 가서 더러운 꽃으로 피어난다

레스보스섬으로 몰려오는 구름 떼들은 정처가 없다

태풍이나 화살이나 다마스쿠스 검을 품고 있다가

써 보지도 못하고

에게해 청옥 바다로 줄줄이 빠져든다

이 공성전에는 대포도 포성도 없다

어린 전사자는

빨간 셔츠에 남색 바지를 입고 해안에 도착한다

성채를 향해 똘똘 뭉친 실존들이 쇠공이 되어 장타를 날리지만

말 없는 벽은 금이 가지 않는다

눈이 생긴 공은 북해 너머 도버까지 갔는데

공기 벽은 말이 없다

얼굴도 없다

캄캄한 민낯이다

>

되돌아올 곳이 없어서 눈이 천 개가 된 쇠공은 놋쇠 하늘만 텅텅 울리다

해안에 엎드린 아이

아일란 쿠르디 신인류가 되어 지구 둘레를 밤낮 표류한다

폐인공위성이 되어

언제 어디로 떨어질지 모르는 강력 폭탄이 되어

어느 날, 우리가 잠든 사이 텃밭에 작은 돌멩이로 박힐 것이다

제4부

동백

이 꽃의 향기는 너무 강해 까맣다
깨어진 거울처럼 날카롭다
이 검고 붉은 향기를 꺾어 너에게 내밀 때
눈이 없는 너의 손은
흘러넘치는 붉은 향기를 보지 못하고
그게 불송이인지도 모르고
덥석 받아 든다
이 심장은 차가운 손안에서
말라 가는 과일처럼 쪼그라든다
편과 한쪽은 검은 눈동자로 남아
향내도 없이 소리도 없이 땅속으로 스며든다
맨발로 동백나무 밑을 걸어갈 때,
지금 흙 속에 든 붉은 심장과
뜨겁게 펄떡이던 추억과
현기증 나는 그 침몰을 느낄 수 있다
가시 떨기를 으깨듯 그 박동에 찔린다
동백은 묻혀서도 여전히 붉은 피,
침묵에의 침례
불모지에 떨어지는 이슬,
언덕을 다 태운 후에도
불꽃을 촛불처럼 켜고 우뚝 서 있는

장미 요새

아름다운 것은 쉽다
수리 발톱 같은 뿌리로 흙을 틀어쥐고
흙 속의 피를 빨아올려
태양계 속에
벨벳보다 부드러운 수백 겹의 겹눈을 굽는다
푸르고도 연하고도 날카로운 가시는
대기 속의 화농을 쿡 찌른다
조롱도 자부심도 이 밀도 앞에선 잠잠
들어간 자는 나올 수도
나온 자는 들어갈 수도 없으니
이 감옥에서는 늘 불 냄새가 난다
방금 또 무엇이 타올랐나
누강 진사강 곁에 오래 앉아
파놉티콘을 꿈꾸던 한 사내가
주크박스를 메고
강물을 건너려다 녹슨 동전 같은 꽃잎을
누대에 마구 쏟는다

와유臥遊

저기 바람을 모아 둔 자리가 있다
네가 잠을 설치며 벽에 그리고 간 나무 아래
조그만 터널
터널 속으로 들어가는 기차 꽁무니쯤
실뱀이 지나간 풀숲 아래
들판을 헤매며 네가 모아 둔 꽃잎 자리
가을비가 내려 꽃잎은 바래져 갔다
벽을 쓸어 보니 손에서 희미한 향이 난다
시드는 꽃잎은 온 방을 데우고
상기된 뺨을 한 채 창밖을 내다본다
이 잠시 잠깐 타오르는 마지막
희미한 불꽃이
눈부처로 남아
저 벽의 얼룩은 볼 때마다
무한으로 번지고 있는 것이다
해가 떨어지자마자
이 무덤은
이 시뮬라크르들은
친구보다 더 친구인 것이다

떠도는 말

고요가 앉아 있곤 하던 돌로 된 식탁은
오랫동안 너만을 위해 놓아 두었다
사과주와 냅킨과 얼어붙은 공기
낮달을 건너가는 검독수리가 눈여겨보는 것들
시간이 고의로 방치한 트렁크 속에는
가장 무서운 테러, 사물의 변모가!
너의 슬픔을 녹여 보려고
갓 찧은 곡물을 사다가 차를 끓였다
고유하고 성실한 죽음에 대한 의도들이
성당의 낯선 흰 빛에 부딪혀
눈부실 때,
심해 상어가 가슴지느러미를 내리고
튼튼한 등을 구부린다
그때 우리는 헤어질 때가 된 것이다
한 방울의 무無를
시금치 씨처럼 뿌려 놓고 자정을 기다린다
창밖 풍경이 볼 때마다 달라지는
그 집에서
걷어 올려진 커튼처럼
우리는 반짝이는 바깥으로 달아난다

서천

서해 바다 끝 서천에 있는 장례식장에 갔다가 나를 보았다 검은 상복을 입은 사람들 뒤에 우두커니 서 있었다 서울에 사는 달이 여기 바닷가를 비추듯이 객지에 온 어둠이 서로를 비추고 있었다 달의 발자국이, 묻히고 온 부스러기를 뿌리고 있었다 멀리서 갈대를 태운 재가 날아와 언덕이 되고 있었다 모두들 전에 울지 못하고 눌러 둔 울음을 꺼내 놓고 있었다 꺼내 놓은 속울음이 먼지 중에 뭉쳐지고 있었다 영정 속에서 한 생애가 내려와 어깨를 짚어 주었다 줄지어 나가는 검은 옷 위에 얹힌 얼굴이 똑같았다 지고 가는 울음의 무게가 비슷하였다 겨울 하늘이 포근하게 풀리면서 흰 눈을 바다 위에 쏟아 놓을 때, 천지간에 어슷어슷한 어둑시니가 또록 또록 눈을 뜨고 서로 얼굴을 쓰다듬었다 모래를 먹인 연줄이 툭- 끊어지며 익숙한 얼굴 하나가 멀리 사라졌다

부활

그 산을 넘어 다시는 가지 않으리라
키를 넘는 풀숲을 헤치고
그 무덤가 다시 가지 않으리라
몰래 고인 물줄기가 불쑥 발을 적시는 산길을,
호랑나비도 겨운 날개를 접고
손톱만한 칡꽃 위에 쉬는데
허위허위 단내 나는 숨 내쉬며
백골로 누운 당신 보러 다시는 가지 않으리라
더듬어도 문고리도 경첩도 만져지지 않는
절벽 같은 침묵 앞에서
눈물도 솟지 않는 캄캄한 문 앞에서
행여나 하고
천 번도 더 갔던 걸음을
이제는 멈추리라
그는 이미 숨을 거두어 살조차 삭아 내린 단정한 뼈들인데
홀로 남아 단 한번 입맞춤을 기억하는
나의 뜨거운 뇌수를 오릉 그 골짜기에 쏟고 오리라
오, 제발, 텅 빈 해골이여
나 찬 샘이 되어 그대 뼈를 오래 적시리라

퇴행

무서운 꿈을 꾸었어
난간 위에서 급류 속으로 떨어지려는 네가
제발 나를 잡아 줘
제발 나를 놓아 줘
라고 속삭일 때 내가 놓아 버린 손
끌어올릴 힘이 없는 나는
허리를 꺾어 온몸으로 끌어당겨도
힘이 달리는 나는
등 뒤로 지나가는 그림자들에게
외마디 비명을 질렀어
소리는 목에 걸려 나오지 않았어
스르륵 풀리는 손아귀
너는!
탁류 속으로 떠내려갔어
봉긋이 부푸는 웃옷
부챗살같이 펴지는 검은 머리카락
몇 번 떠올랐다가
가라앉았다가
서서히 물속으로 사라지는 너
이대로 끝인가

안녕이란 말

떠나고 남는 역할이 수십 번 바뀌었지

이별 속의 이별이

정말 다가왔어

문방구 옆 구제옷 가게

둘이서 강 건너 노을을 내다보는 옛 사진을
탕비실에 가서 훔쳐보고 온다
잘 지내고 계신가요
양편에 똑같은 빨간 문이 있는 긴 복도를 지나
너를 사랑하지 말고 나를 사랑하라는
정가正歌가
꽃의 속도로 번지고 있는 길로 내려선다
빌리 진
나는 너의 연인이 아니야
빌리 진
어린 여자에게 상처 주지 마
천상에서 들리는 노래가 달의 걸음으로 다가올 때
자살 카페에서 만난 남자 여자들과
역할 대행이나 유품 정리를 하는 알바를 간다

책 만들기 좋은
오후에는
유난히 빨간 립스틱을 바르고
양손 꼬기 리듬댄스를 추러 이 층에 올라갔다
라스트 마일

문방구에 가면 은수저에 달고나가 끓고 있어
한 번도 태어나지 못한 강아지나 꽃들이 왈왈
이지러진 출생
버려진 품목들이 왈왈
탄생도 없이 죽으러 간다는 이 소리들은 웬 말?
강 건너 멀리 노을을 바라보는 우리의 뒷모습을
탕비실에 가 꺼내 보곤 해

도취에 대하여

영혼을 앗아 간다는 빵,
경배자를 찾는 신의 품에서 가져온
안식 한 움큼으로 반죽합니다
아침마다 듣는 새소리는 신탁입니다
많은 이에게 자유를 주려는
필라델피아 자유의 종은
첫 타종에서부터 금이 갔다지요
몇 번 타종에서 금이 가 버린 나도
먼 길을 떠나 자유의 종을 보러 갔지요
내가 가면 다른 도시로 흘러가 버리는 종소리를 따라갔어요
죽은 분화구 앞에서
노을이 불꽃을 피우는 곳
하염없는 가능성을 따라가다가
성전 기둥 같은 고목 아래에서 잠을 청했어요
이른 아침이면
배고픈 짐승이나 밤의 새들이 다녀갔지요
먹이가 되다 만 노란 살구 열매들의 향내가 자욱해요
심심한 침묵 뒤에
빛을 뿜고 싶어 안달하는 내 안의 발광체들에게
쉿! 조용히 하라고 했어요

모든 나열과 정렬과 수렴과 조합이
뭉게구름처럼 겹쳐
누군가는 이 하지 축제에 오면
존재에 구멍이 뚫려요

아름다운 계단

누가 던져 놓고 간 계단,
길들여지지 않는 추상,
소용돌이치며 하늘로 올라가는 소용돌이,
뿌리를 대지에 단단히 심고
난간도 없이 비상한다
지상으로부터의 도주를 꿈꾸며
올라가고 내려가며
장미의 들판, 혼란한 정원으로 내달린다
계단에 물을 주는 일은 님프가 하듯
천천히,
그러나 변덕스러운 보행자의 발바닥이 닿기 전에
계단은 날아가 버린다
날개 아래 머리를 감추는
자수성가한 옥외 계단은,
근엄한 얼굴을 하고 피어 있는
추운 나라의 꽃처럼, 흰 사원처럼
비밀하다
자작나무 군락을 지나 회막을 지나
두 개의 벽이 마주 서 있는 지붕 없는 건축물을 지나
가을 강으로 내려가 버린다

식탁보

멀리 가지 않고도
지붕 아래 내려온 별을 만난다
맑고도 아늑한 공기 한 움큼
돌을 들어 올리는 풀꽃의 힘으로
집을 들어 올리는 이 흰 빛
나를 마중 나오시는 희미한 등불
비 오는 가을 오후, 시드는 숲가의 집에서
둥근 빛에 우리는 둘러앉았다
한 사람이 아직 오지 않았다
오지 못할 것이다 어쩌면 올 것이다
둥근 흰 빛에 한숨을 섞으며
우리는 기다렸다
조바심이 흰 빛에 빨려 들어가도록
흰 빛은 이윽고 우리를 들어 올렸다
팽창하여 대기가 되었다
이 흰 빛은 우리이다
북풍이 세계에 선물한

링크

고통은 우리를 하나로 만들고
우리를 구원한다지
정든 낙타를 안락사시키며 울었다
화해 구역에 날짐승을 밀어 보내며
푸드덕거림에 귀를 막는다
네 붉은 볏을 찍혀도 가만히 견뎌야 한다
그러니 그 장소에 가면 우선
구름 담요를 덮어야 한다
잃어버린 양을 찾아오라고
한 죽음이 한 생을 열어 줄 때
꿈은 눈물 성의 수문을 여는 방법을 찾아냈다
글썽이는 탑이 시계추처럼 흔들리고
키 큰 꽃나무에서 고순도 코카인 훈풍이 흩어진다
지구 건너편
남편을 잃은 여자들이
해 질 녘 가을 들판에서 이삭을 줍다가
부동항을 찾아 함께 떠난다
nowhere man
nowhere land*

* 비틀즈 노래 〈Nowhere Man〉의 가사에서 인용.

우연을 담는 컵

가구 위에 씌운 흰 포장을 걷어 내
먼지를 털어 낼 때
훔볼트산에서부터 따라온 구름이 창턱에 앉아 있다
높이 솟은 길 아래 창문 너머로
의자에 싸여 있는 너를
데려오고 싶었다
이제는 쓰지 않는 소수 부족의 언어를 가르쳐
노래를 부르게 하고 싶었다
날렵한 면도칼로 달라붙는 마음을 베어 낸다
솟는 피를 깨끗한 천으로 꾹꾹 눌러 준다
어디에나 녹금색 나무들이 햇빛 속에 빛날 때쯤,
내 사랑 알아보는 것이 생의 전부가 아닌가 하다가도
방랑에 다시 맛을 들인다
아무 데서나 쉬거나 잠을 잤다
여명 속에
어린 나뭇잎이 흔들리는 소리,
내 영혼의 무게는 몇 그램인지?
여자와 아이들로 소집된 군대를 본 적 있어?
그들이 부드러운 갑옷을 입고 춤추는 것을,
나는 어제 꿈속에서 보았어

그들의 무기가 노래와 춤이라니!
연약할수록 강한 군대라니!
상실과 죽음과 갈증의 봉우리를 그들은 넘어왔다
우연은 석청보다 모호하고 긍정적인,
내가 받아들인 이런 순간에서 온다
한 컵의 서늘한 물처럼 탁자에 놓인다

생일

월대 앞에 서서
빛의 공평을 본다
은빛이 반사하는 마당
저 반짝임은
공기 중에 놓인 그대로
관계들이 드러나는 것
보이는 것 외에
더 무한한 것들
보이는 것과 보이지 않는 것들의 경계가
사물들이다
막사발 쓰다듬는 바람의 손길은
늪 근처 오리 사냥에서 빗나간 총알
오늘 내가 땅속에 심어 준 꽃의 잔뿌리도
캄캄한 흙 속에서 눈을 뜨고
물의 방랑을 맞이할 것이다
새로 만든 배를 윤슬 이는 호수에 띄울 시간
쉿 조용히!
만물이 서로를 밀고 당기는
이 순간이 정지할 때
미술관 옆

빨강 노랑 검정 푸드 트럭 앞
빨강 노랑 검정 모자 아래
시들어 가는 수국 꽃 그늘 아래
그들 민낯이 잠깐 보였다

물 아래 외로움

나란히 누워 있는 모습
모로 누워 얼굴을 마주하고 있는 모습은
언제 보아도 아름답다
그림자를 끌고가느라 고개를 숙일 때
냄비를 타고 와서 싸워 달라는 구절이
그 책에 있었다
씨만 골라 먹는 새
시체를 건너가는 일생
정결하게 산다는 건 무어지?

새 백 쌍이 와서 깃든다는
나미비아의 아름드리나무는
새들 줄 세우기는 하지 않았으리
나무의 행간에는 탁란의 푸른 새알들이
감춰져 있다
묻지도 따지지도 않고 품어 주는 어미들
다정함만 가득한 석양의 색소폰 소리나
똑똑 물방울 떨어지듯 건너가는
피아노 연주처럼
나무 속에서는 어미 새들의 변주가 다양하다

영혼의 가장 맛있는 부분을
아무나의 입속에 넣어 주는 입맞춤
자기가 천사인 줄 모르는 채 지상에다
모자를 이식하고
배부른 아기 새들은 이 가지 저 가지
천만 가지에서
모자를 던지며 놀고
우묵한 곳에서 예쁜 상심들도 기어 나와
구경하고

사랑 이후의 헤일로halo

헤어짐도 사랑의 연속이라는 것을 알게 되면서

머리 위에 천사의 헤일로 같은 호수가 생겼다

호기심 많은 정경이 호수를 자주 다녀갔다

그러니 외롭거나 부족하다고 말하는 것은 맞지 않아

그건 나를 향한 호수에 대한 모독

열정적이진 않아도 호수에 비친 구름은 늘 나를 따랐다

그 빛은 어딜 가나 내 거소를 가득 채워서
눈을 감아야 할 때도 있었지

차디찬 놋 제단에 나를 눕힌다

머리 위의 호수도 같이 눕는다

불이 흘러와 줄 것인지 시간은 모른다

>

더 이상 만나지 못해도 영원히 만나고 있는
호수의 시간

파도가 일었다가 잠잠해지곤 하는 거울 안쪽의 시간

살갗이 없는 바람이 나를 쓰다듬는다

해 설

시, 죽음의 신성이 현현하는 장소

이성혁(문학평론가)

꼭 시인의 의도에 의해서가 아니더라도, 좋은 시집은 대개 드라마를 형성해 놓는다. 시인들은 한 편, 한 편 독립적인 시편들을 모아 시집을 엮지만, 어느새 시집엔 어떤 이야기가 형성되는 것이다. 시인도 이를 감지하면서 시집에 시의 순서를 배치한다. 2000년에 등단한 나금숙 시인의 세 번째 시집 『사과나무 아래서 그대는 나를 깨웠네』를 숙독하고, 이 시집 역시 어떤 드라마를 전개한다는 느낌을 받았다. 두 번째로 상재한 시집 『레일라 바래다주기』가 2010년에 출간되었으니, 근 15년 만에 내는 시집임에도 그러한 드라마가 느껴졌다는 것은 놀라운 일이다. 긴 시간 동안 쓴 시들이 어떤 드라마를 형성했다는 면에서 말이다. 물론 이 드라마는 시인의 삶의 실제 굴곡을 말함이 아니라 어떤 시적 정신의 여정이 만들어 낸 드라마를 말한다. 시인의 시적 정신은 삶의 근본적인 문제를 찾아 길을 떠나고 다시 돌아온다. 모든 이야기가 그렇듯이 말이다.

이 시집의 출발점은 삶의 가장 근원적인 지점인 죽음이다. 시집의 전반부에는 죽음에 깊이 천착하고 있는 시들이 다수 실려 있다. 「모란」은, 이 시집에서 보여 주는 나금숙 시의 출발 지점이 어디인지 보여 주고 있다고 생각한다.

모란에 갔다
짐승 태우는 냄새 같기도 하고
살점 말리는 바람 내음 같은 것이 흘러오는
모란에 가서 누웠다
희게 흐르는 물 베개를 베고
습지 아래로 연뿌리 숙성하는 소리를 들을 때
벽 너머 눈썹 검은 청년은 알몸으로 목을 매었다
빈방엔 엎질러진 물잔, 물에 젖은 유서는
백 년 나무로 환원되고 있었다
훠이 훠이 여기서는 서로가 벽을 뚫고 지나가려 한다
서로의 몸속으로 스며들었다 나온다
어른이 아이가 되기도 하고
여자가 남자가 되기도 한다
한낮 같은 세상을 툭 꺼 버리지 말고
그냥 들고 나지 그랬니

무덤들 사이에 아이처럼 누워
어른임을 견딜 때,
궁창의 푸른 갈비뼈 틈에서 솟는 악기 소리
먹먹한 귓속에 신성을 쏟아붓는다
슬픔이 밀창을 열고
개다리소반에 만산홍엽을 내오는 곳
모란에 가서 잤다
오색등 그늘 밑에서 잤다
내력들이 참 많이 지나가는 곳에서
사람의 아들, 그의 불수의근을 베고 잤다

—「모란」 전문

'모란'이라는 곳은 어디인가. 성남에 있는 모란시장의 그 모란인가. 아니면 상상적 장소인가. 아름다움과 죽음이 한 몸인 모란꽃이 피어 있는 곳인가. 시 후반부에 "오색등 그늘"이라는 표현을 보면 후자인 듯하다. 필자는 이 '모란'을 시적인 상징 공간으로 읽는다. 김승옥의 「무진기행」이나 기형도의 「안개」에 나오는 장소 같은. 이 시에서 '모란'은 죽음의 냄새가 흘러 다니는 곳이다. 그렇다고 이곳을 비현실적인 공간이라고 말할 수는 없다. "알몸으로 목을" 맨 "검은 청년은" 실제로 어디에건 존재할 테니 말이다. 즉 이 시적 상징 공간은 현실을 기반으로 형성된 것이다.

시인은 왜 죽음의 냄새가 진동하는 모란에 눕는 것인가. 시적 상징 공간인 모란에서는 죽음이 죽음으로 끝나지 않기 때문이다. "물에 젖은 유서"가 "백 년 나무로 환원"되는 곳이 모란이다. 시적인 것은 경계를 무화시킨다. 시적 장소인 모란은 "서로가 벽을 뚫고 지나가려" 하고 "서로의 몸속으로 스며들었다 나"올 수 있는 곳이다. 하여, 모란은 남녀와 장유가 뒤바뀔 수도 있는 곳이어서 시인은 "무덤들 사이에 아이처럼 누워/ 어른임을 견"디는 중이다. 죽은 자들이 저승과 이승의 경계를 뚫고 자신의 존재를 드러내는 이 모란에서는, 시인은 어른을 벗어나 아이가 될 수 있는 것이다. 아이가 된다는 것은 세계를 새로이 보고 이름 짓기를 하는 존재자, 즉 시인이 된다는 것을 의미한다.

모란꽃이 죽음을 통해 자신의 고유한 아름다움의 진실을 드러내듯이, 모란에서는 죽음이 이승에 자신을 드러내면서 어떤 예술적 진실을 드러낸다. 그곳에 누워 있으면 "살점 말리는 바람 내음"만이 아니라 "궁창의 푸른 갈비뼈 틈에서 솟는 악기 소리"가 들린다. 죽은 자들이 자신의 몸으로 내는 음악이다. 그 음악과 함께 '신성'이 쏟아져 나오고, "슬픔이 밀창을 열고" 산에 가득한 붉은 단풍—만산홍엽—으로 자신을 음식처럼 내놓는다.

시의 마지막 행을 보면, 그 슬픈 신성은 죽임을 당한 예수—'사람의 아들'—와 관련 있으리라고 추측할 수 있다. 예수는 신의 아들이지만, 한편으로 사람—'마리아'—의 아들이기도 하다. '사람의 아들'을 예수로 읽는 것은 앞에 '신성'이라는 시어가 나오기 때문이다. 모란에서의 잠은, 그렇다면 예수의 "불수의근을 베고" 자는 일이겠다. 그런데 '불수의근'이란 말이 낯설다. 검색해 보니 '의지와 관계없이 자율적으로 움직이는 근육'이라는 뜻이다. 내장의 근육이나 심장의 근육이 그러한 근육이다. 사람의 아들 예수 역시 죽은 자이기에 육신인 심장은 기능을 멈췄을 터, 하지만 '불수의근'은 여전히 스스로 움직이고 있다. 이렇게 시인은 '사람의 아들' 예수의 심장 근육을 베고 누워 죽음이 이곳으로 넘어오는 모란에서 슬픈 신성의 소리를 듣는다. 이 소리가 바로 시의 소리 아닐까. 그렇다면 이 소리를 붙잡아 언어화하는 것이 시인이 할 일, 그래서 시인은 이 모란에서 잠을 자는 것일 테다.

그렇다고 시인이 모란에서만 죽음과 만나는 것은 아니다. 가령 「건축」에서는 "항구의 새벽 시장"에서 "콘크리트처럼 굳어 가"는 "새로 내린 눈" 위에 "익사한 남자의 자화상이/ 물결무늬로 떠오르"는 모습을 포착한다. 그는 예수가 그랬듯 어떤 폭력에 의해 죽임을 당했을지 모른다. 실재했던 예수가 상징적 존재이기도 한 것처럼, 이 시의 익사한 남자 역시 실재이면서도 상징적 존재다. 그런 상징성을 표현하는 것이 '자화상'이다. 눈이 변한 얼음 조각 위로 떠오른 것은 바로 죽은 이의 예술적 상징성이다. 그 예술성은 「모란」에서 보았듯이 신성으로부터 비롯된다. 다음은 이 시의 후반부다.

> 숲을 지나온 것들은 신성해져서
> 썩어 가면서도 향을 풍기지

지는 데 익숙해진 경주마들의 운명처럼
고개 숙인 구름도 장밋빛 대기도 새 떼들도
유령인 듯 소리 없이 서쪽으로 흘러간다
달빛 사이로
시간의 불타 버린 얼굴이 언뜻 드러날 때
기왓장도 돌들도 말을 하기 시작했지
당신은 여전히 말이 없었어
사방 벽들은 홀로그램,
빛처럼 나부끼며 노래하기 시작했어
우리도 상한 갈대를 꺾어 피리를 불었어

—「건축」 부분

죽음은 상징의 숲을 지나 이곳에서 자화상이 되어 떠오른다. 이 죽음의 자화상은 "썩어 가면서도 향을 풍"긴다. 상징의 숲에서 신성성을 부여받았기 때문이다. 이 신성성이 현현하는 순간이 있다. "시간의 불타 버린 얼굴이 언뜻 드러날 때"이다. 그때 세계의 사물들—'기왓장' '돌들' 등—은 말을 하기 시작하고, 나아가 "사방 벽들"이 "빛처럼 나부끼며 노래하기 시작"한다. 시의 제목이 '건축'임을 보면, 시인은 그가 환각처럼 포착하고 있는 이 죽음이 귀환하는 세계를 하나의 건축물로 여기고 있음을 알 수 있다. 이 세계 속에서 시인은 피리를 분다. 다시 말해 시를 연주하기 시작한다. 이렇게 시를 읽으면, 나금숙 시인에게 시는 상징의 건축으로 나타나는 세계에 언뜻 현현하는 신성에 이끌려 써지는 것이라 할 수 있다. 하지만 이 세계에서 '당신'—익사한 이의 자화상 아닐까—은 "여전히 말이 없"다. 그렇다면 음악과 당신의 침묵은 어떤 상관관계가 있는 것일까. 아래의 시는 이에 대한 답을 제공한다.

수상생활 하는 바자우족 마리아는 배 위에서
셋째를 낳다 숨을 거두었습니다
배 위에서 산 일생이
그때서야 외딴섬 깊은 흙 속에 안식했습니다

음악 행상에게서 노래를 사서
노란 비밀을 노래에 숨겼어요
노래를 들으면
비밀이 향기처럼 흘러나옵니다
눈도 안 뜬 아기를 두고
흙 속에 묻힌 마리아
죽어 가는 어린 돌고래를 등에 업어
숨 쉬게 하는 어미 돌고래
말할 수 없는 것들은 침묵을 지켜야 합니다
노래를 사서 노래에 침묵을 숨겼어요
보호 종료가 끝나 보육원을 떠나는 열여덟 살 은이는
어디로 가야 하지요?

마음의 근육 기르기에 좋다는

오래된 차밭을 찾아가는 길
왜 슬픔을 먹는 포식자는 없는 걸까요
새벽에 보는 죽은 이의 전화번호
페북 속 환한 얼굴이
깨달음은 늘 뒤늦게 온다고 속삭입니다
고요한 시간
시간의 등 뒤에 서 있으면
침묵의 중얼거림
침묵에도 입이 있습니다

—「침묵의 입」 전문

"말할 수 없는 것들은 침묵을 지켜야" 하지만, 그 침묵에 입이 없는 것은 아니다. 침묵은 노래 속에 숨어 있다. 침묵은 노래를 통해 자신을 표현한다. 새로운 생명을 낳다가 죽은 마리아의 죽음 역시 신성한 죽음이다. 마리아는 말할 수 없다. 침묵한다. 하지만 노래를 통해 삶의 신성한 "비밀이 향기처럼 흘러나"올 수 있는 것이다. 이 노래로부터 신성의 향기를 맡을 수 있는 이, 하여 노래가 불리는 "시간의 등 뒤에 서"서 '침묵의 중얼거림'을 들을 수 있는 이는 또한 "노란 비밀을 노래에 숨"겨 노래할 수 있는 준비가 되어 있는 이다.

위에서 읽은 「건축」과 연결하여 이 시를 읽어 보자. 죽음의 신성이 시간 바깥에서 번개처럼 현현한다. 그리고 현현한 신성의 비밀이 퍼뜨리는 향기를 노래가 받아 안는다. 그 신성은 죽음을 통해 현현한 것이다. 그렇기에 노래는 말할 수 없는 죽음의 신성을 자신 안에 품는 것이다. 노래는 "시간의 등 뒤에"서 불리는 것이어서, 노래를 통해 침묵의 존재를, 그 중얼거림을 들을 수 있는 것이다. 그러한 노랫말이 시라면, 저 노래처럼 시는 신성으로 현현하는 죽은 '너'를 찾아내어 시 쓰기 안으로 숨긴다고 하겠다. 그럼으로써 시는 죽음이 지니는 신성의 비밀을 품는다.

하여, 시를 쓰기 위해선 세계가 발하는 음악을 들으며 말할 수 없게 된 자의 침묵이 중얼거리는 소리를 들어야 한다. 시인이 "호스피스 병동에서/ 임종 직전 불어 주는 플루트 소리"(「거기에서(there)」)를 듣는 장면도 이와 관련될 것이다. '당신'이 죽음의 문턱을 넘어가는 순간 죽음의 신성이 현현하고 음악이 울려 나온다. 그 음악으로부터 막 고인이 된 당신의 중얼거림을 시인은 듣게 될 것이며, 죽은 자의 존재성을 인지하게 될 것이다. 시인은 이 음악을 말로 번역하기 위해, 죽은 자들을 이 이승에서 대면하고자 한다. 그들은 주로 신성한 죽음을 맞이해야 했던 이들, 폭력에 희생당한 이들이다. 그들과의 대면 과정이 나금숙의 시로 기록된다. 그 과정은 평온하지 않다. 고통스러운 죽음을 겪은 이들과의 대면이기 때문이다. 그래서 나금숙의 시도 격렬하고 고통스러운 정동을 발동하는 이미지들로 전개되곤 한다.

> 돌처럼 가라앉았다 너의 슬픔 속에 키를 넘자 돌은 꼴깍 숨이 넘어갔다 광야의 체류자가 되어 나는 손가락으로

땅에다 글씨를 쓴다 물의 뼈가, 들썩이는 횡격막이 만져진
다 끈질기게 뻗는다는 대나무 뿌리처럼 질긴 잠이 뇌수에
몰아쳐서 칼날 속에 박힌 육질을 놔 주질 않는데, 침묵 입
자인 물속의 공명은 자유자재하다 박명 속에 죽은 이의 머
리카락, 텅 빈 안구가 보인다 자해하는 자나 살해당한 자
가 다 그리로 드나든다 물의 이빨이 붙든 것들이 지리멸렬
해서 물속에서는 볼 수 있는 것들이 많다 가짜 성곽과 지
붕과 야전 잠바와 파롤들이 장례식장에 나란히 선 생수병
들처럼 속을 내보이는 불안들이 끝이 보이지 않는 구멍들
을 움켜쥐고, 서풍에 흘러내리는 검은 흙덩이에 입 맞추며,
우리는 애석하다 드넓은 땅 귀퉁이에서, 정크 DNA를 많
이 가진 육식성 식물처럼 당신의 슬픔은 내 손을 잡아 그
위에 자기 손을 얹고

—「휴경지」 전문

'휴경지'는 이제 농사를 짓지 못하는 땅, 즉 거의 죽은 땅이다. 돌만 있는 땅, 한마디로 광야와 같다. 이 죽음의 땅에서 "나는 손가락으로 땅에다 글씨를" 쓴다. 시를 쓰고 있는 것이다. 위에서 보았듯이 나금숙 시인은 죽음과의 대면을 통해 신성의 비밀과 아름다움—예술성—을 감지하는 시인이다. 그가 이 황량한 죽음의 땅에 글씨를 쓰는 이유는, 이 쓰기를 통해 "물의 뼈"를 만질 수 있기 때문이다. 이제 뼈밖에 남지 않은 물의, 호흡곤란으로 "들썩이는 횡격막"을 말이다.

그런데 이 물은 침묵 입자로 이루어져 있다고 한다. 죽은 존재자들의 침묵이 뭉쳐져 만들어진 것이 물인 것이다. 그래서 물의 뼈 속을 들여다보면 침묵 속에서 공명하고 있는 죽은 자들을 볼 수 있다. 물속으로 "박명 속에 죽은 이의 머리카락"이 보이고 "자해하는 자나 살해당한 자가 다 그리로 드나"드는 모습이 보인다. 시인의 시 쓰기가 열어 보인 죽음의 처참한 모습들이다. 물속에는 삶 역시 이 죽음 주위에서서 불안을 살아가고 있음을 보여 준다. "장례식장에 나란히 선 생수병들처럼 속을 내보이"고 있는 불안. 그러나 그 죽음들의 모습은 이 황량한 땅에 아직 존재할 수 있는 생명의 단초들이라고도 할 수 있다. 그 죽음들이 공명하면서, 비록 뼈만 남았지만 생명이 시작될 수 있는 물의 존재성을 지탱하고 있기 때문이다.

시 쓰기는 이 세상의 폭력에 의해(자해도 세상의 폭력에 의한 것이다) 일어난 죽음들을 드러내 보여 주면서도, 이 황량한 세상 깊은 곳에서는 그 죽음들이 공명할 수 있는 물—비록 뼈와 이빨만 남아 있지만—이 존재한다는 것을 역설적으로 밝혀낸다. 그리고 시는 폭력적인 죽음과 함께하는 불안한 삶과 대면하도록 이끎으로써, "끝이 보이지 않는 구멍들을 움켜쥐고" "검은 흙덩이에 입 맞추며, 우리는 애석"해할 수 있게 한다. 하여, "당신의 슬픔은 내 손을 잡아 그 위에 자기 손을 얹"을 수 있게 되고, 죽은 이와 산 자의 만남이, '우리'의 형성이 이루어지게 된다. 이 접속이 일어날 수 있는 장소야말로 나금숙 시인의 시가 만들고자 하는 '건축'

일 것이다. 시라는 건축물에서 죽음과 삶이 만나고 죽음은 부활하기 시작한다. 죽음의 슬픈 신성이 드러나는 현장도 여기다. 신성은 폭력적으로 이루어진 죽음이 다시 새 생명을 잉태함으로써 부활할 때 드러나는 것이기에. 그로테스크가 삶이 죽음을 품은 이미지에서 감지되는 것이라면 신성성은 죽음 안에 생명을 품은 이미지에서 감지되는 것이다.

시인의 "무한 폐허 속으로 빨려 들어가 죽음 안에 잉태되는 성벽 같은 누이여"(「자서自序」)라는 외침은 죽음과 탄생의 뫼비우스의 띠와 같은 연관성을 선언한다. 시인이 죽은 누이, 죽은 당신, 죽은 너를 찾는 것은 이 죽음의 신성한 부활과 만나기 위해서다. 그것은 시 쓰기를 통해 가능하다. 아니, 이렇게 말해야 할 것이다. 시 쓰기 자체가 죽음과 삶의 만남이 이루어지게 하고, 죽음 속에서 새로운 삶의 잉태를 이루어 내는 활동이다. 그렇게 이루어지는 시의 언어는 재생을 일으키는 '묘약'이다. 「청동 여자」의 구절들에 따르면, 시인이 들고 있는 '트렁크' 속에 있는 언어는 "죽어 가고 있"는 여자가 "잃어버린 언어"이며, 그 언어들은 그녀를 "회생시키는 묘약"인 것이다. 죽어 가고 있는 이의 잃어버린 언어인 시의 언어를 통해 회생이 일어나고, 죽음의 신성이 드러난다. 하여, 시를 통해 살아 있는 자들은 신성의 향기 속에서 시적 진실을 만나며 지금까지와는 다른 삶의 체험을 할 수 있게 된다.

이 세상에 언뜻 나타나는 '너'—죽은 자—를 발견하려는 시인. 그는 그 너를 발견했을 때 "너와 입 맞추기 위해 멈춰"(「여름」) 선다. 이 입맞춤은 '너'를 부활시키기 위한 접속이다. 죽은 자와의 입맞춤은, "기쁨 희망 슬픔 분노 원망 불안을/ 조금씩 배합하여/ 이슬을 섞어 땅에 심어 보"는 "너라는 씨앗"(「수선화에게」)을 땅에 심는 '이종교배'다. 이 이종교배 이후 '수선화'가 태어나는 바, 이 수선화 속에는 죽음과 삶의 겹침이 이루어져 있다. 나금숙 시인은 이렇듯 삶과 죽음의 겹침을 발견할 수 있는 사물들—'수선화'와 같은—에 주목하고, 그 사물들에서 보이는 죽음과 삶이 얽혀 있는 양상으로부터 어떤 감추어진 의미를 상징화한다. 그러한 상징화를 통해 이루어지는 시는, 죽음의 신성함을 드러내면서 시적인 강렬함을 독자에게 제공한다. 이러한 시편들 중에서 필자에게는 아래의 시가 인상 깊었다.

이 꽃의 향기는 너무 강해 까맣다
깨어진 거울처럼 날카롭다
이 검고 붉은 향기를 꺾어 너에게 내밀 때
눈이 없는 너의 손은
흘러넘치는 붉은 향기를 보지 못하고
그게 불송이인지도 모르고
덥석 받아 든다
이 심장은 차가운 손안에서
말라 가는 과일처럼 쪼그라든다
편과 한쪽은 검은 눈동자로 남아
향내도 없이 소리도 없이 땅속으로 스며든다

맨발로 동백나무 밑을 걸어갈 때,
지금 흙 속에 든 붉은 심장과
뜨겁게 펄떡이던 추억과
현기증 나는 그 침몰을 느낄 수 있다
가시 떨기를 으깨듯 그 박동에 찔린다
동백은 묻혀서도 여전히 붉은 피,
침묵에의 침례
불모지에 떨어지는 이슬,
언덕을 다 태운 후에도
불꽃을 촛불처럼 켜고 우뚝 서 있는

—「동백」 전문

위에서 읽은 바에 따르면, 나금숙 시에서 '향기'는 죽음의 신성에 의해 만들어지는 것이다. 그런데 '동백'은 그 향기가 "너무 강해 까"말 정도라 한다. 그 향기는 검고 붉다. 검은색은 죽음을 상기시키고 붉은색은 강렬한 생명, 피를 상기시킨다. 동백이 뿜어내는 향기에는 짙은 죽음이 함유되어 있지만, 한편으로 그것의 강렬함은 역설적으로 생명으로부터 비롯된 것이다. 즉 죽음의 향기는 생명의 강렬함으로부터 비롯되는 것이어서 죽음 이후에도 꺼지지 않는 강렬한 생명의 불을 드러내고, 거기에는 신성이 함유되어 있다.

시인은 나아가 동백은 '너'의 "깨어진 거울"과 같다고 한다. 동백은 '너'를 깨어진 모습으로 비추는 꽃이다. 너의 죽음은 붉은색 향기를 내는 동백이 죽음을 가져올 열정, 즉

"불송이인지도 모르고" 이 동백을 "덥석 받아"들였기에 일어난 것인지 모른다. "차가운 손안에서/ 말라 가는 과일처럼 쪼그라"들며 죽어 가는 그 '심장-동백'이, 너의 심장을 깨어진 거울로 비추고 있기에. 그런데 동백이 쪼그라들게 된 것은 '너'의 차가운 손 때문이다. 그 차가움이 동백의 뜨거운 "붉은 향기"를 식혀 버렸기 때문이다. 그렇다면 너—동백—의 죽음은 너 자신의 "눈이 없는" 손 때문이다. '너'의 차가움이 '너' 자신의 뜨거운 심장을 쪼그라들게 만들고 결국 '너'의 죽음을 가져왔다. 이에 '동백-너'의 죽음은, 너 자신의 뜨겁고 붉은 열정을 너의 손이 감당하지 못했기 때문이겠다.

그렇게 '너의 심장-동백'은 죽어 버렸고 결국 흙 속에 묻힌다. 하지만 "동백은 묻혀서도 여전히 붉은 피"다. 동백은 비록 쪼그라들어 죽음을 맞이했지만, 뜨거웠던 시절의 '추억'을 안고 있는 붉은 피로 여전히 존재한다. 그래서 동백이 흙 속에 묻힌 동백나무 밑을 맨발로 걸어갈 때, 시인은 "뜨겁게 펄떡이던 추억과/ 현기증 나는 그 침몰을 느낄 수 있"는 것이다. 그것은 죽은 이의 침묵이 내는 중얼거림을 듣는 일이기도 하겠다. 이 과정에 대해 시인은 '침묵에의 침례'라고 말한다. 침례란 죄악을 씻어 내기 위해 온몸을 물에 적시는 종교적 예식이라고 할 때, 그 과정은 죽은 이에 대한 기억으로 살아 있는 자의 삶을 정화하는 일이라고 하겠다. 생명을 키워 내지 못하는 '휴경지'가 된 이 땅에서, 그 '침례'는 새 생명이 도래할 가능성을 품은 '이슬'이 "언덕을 다 태"우는 일로 비유된다. 그렇기에, 죽은 후에 흙 속에 묻힌 동백은 생명의 불꽃을 들고 있는 존재자, "불꽃을 촛불처럼 켜고 우뚝 서 있는" 존재자라고 할 수 있다.

시인은 이렇듯 동백과 같이 붉으면서도 검은 존재자들과 조우하면서, 삶과 죽음의 얽힘을 여기저기서 강렬하게 느낀다. 가령 그는 "벨벳보다 부드러운 수백 겹의 겹눈을 굽"고 있는, "들어간 자는 나올 수도/ 나온 자는 들어갈 수도 없"는 '장미 꽃밭'에서, "늘 불 냄새"(「장미 요새」)를 맡기도 한다. 그러나 시인이 장미처럼 생명을 아름답게 불태우고 있는 존재자만 조우하는 것은 아니다. 「와유臥遊」에서는, '네'가 방 안에 모아 둔 "꽃잎 자리"에서 시들며 얼룩이 되어 가고 있는 꽃잎으로부터, "잠시 잠깐 타오르는 마지막/ 희미한 불꽃"을 느끼기도 한다. 그런데 이 시 후반부에서 시인은 그 방을 무덤이라고 부르며 "이 시뮬라크르들은/ 친구보다 더 친구"라고 말하고 있다. 생명의 마지막 불꽃이 '시뮬라크르'로 남아 있는 저 시드는 꽃잎은 시인에게 더욱 깊은 우정을 건네주는 존재자인 것이다. 이렇게 시인은 세상의 사물들에서 죽음으로부터 솟아 나오는 삶의 뜨거운 흔적—신성—을 느끼며 그 사물들과 친해진다. 여기에 이르러, 시인에게 세계의 사물들은 음울한 무엇이 아니라 친근하면서도 신성한 무엇으로 나타난다. 시집 후반부는 그러한 사물들에 대한 시편들이 포진해 있다.

이렇게 이 시집의 시적 정신의 드라마는 죽음에서 회생으로, 우울에서 희망으로 전화해 간다. 어둠 속에서 현현했던 죽음의 신성은 점차 밝은 빛으로 발현되는 신생의 신성으로 변전하여 현현하는 것이다. 어두웠던 세계는 이제 '흰 빛'을 발한다. 시집의 후반부에 실려 있는 「식탁보」는 이 신생하는 세계를 눈부시게 보여 주는 시다.

멀리 가지 않고도
지붕 아래 내려온 별을 만난다
맑고도 아늑한 공기 한 움큼
돌을 들어 올리는 풀꽃의 힘으로
집을 들어 올리는 이 흰 빛
나를 마중 나오시는 희미한 등불
비 오는 가을 오후, 시드는 숲가의 집에서
둥근 빛에 우리는 둘러앉았다
한 사람이 아직 오지 않았다
오지 못할 것이다 어쩌면 올 것이다
둥근 흰 빛에 한숨을 섞으며
우리는 기다렸다
조바심이 흰 빛에 빨려 들어가도록
흰 빛은 이윽고 우리를 들어 올렸다
팽창하여 대기가 되었다
이 흰 빛은 우리이다
북풍이 세계에 선물한

—「식탁보」 전문

"멀리 가지 않고도" 대면할 수 있는 곳, 가령 집 안의 식탁 같은 곳에도 신성은 깃든다. 신성은 하늘에서 "지붕 아래 내려온" 별의 '흰 빛'으로 현현한다. "맑고도 아늑한 공기"를 동반한 빛이다. 이 흰 빛이 휴경지의 "돌을 들어 올리는 풀꽃의 힘으로/ 집을 들어 올"린다. 죽음을 삶으로 상승시키는 신성의 힘이다. 그 빛은 "희미한 등불"이 되어 어둠 속에 있는 '나'의 앞길을 비추어 준다.

이 시의 후반부는 이 흰 빛이 죽은 자를 포함한 '우리'를 형성시키는 장면을 보여 준다. 둥근 흰 빛이 내려온 식탁에 '우리'는 둘러앉아 있다. 우리 중에 한 사람은 빠져 있다. "한 사람이 아직 오지 않았"던 것, 아마 그 한 사람은 "오지 못할" 자, 죽은 자일 것이다. 하지만 "어쩌면 올" 수도 있는 자이다. 죽음을 삶 쪽으로 들어 올리는 신성의 힘—'흰 빛'—이 여기에 내려와 있기에. 그래서 우리는 "조바심이 흰 빛에 빨려 들어가도록" "둥근 흰 빛에 한숨을 섞으며" 기다렸던 것이다. 그 기다림은 충족된다. '흰 빛'이 "이윽고 우리를 들어 올렸"던 것, 빛이 팽창하여 대기가 되면서 우리 역시 빛에 실려 대기가 된다. 이 대기로 퍼진 빛—우리—에는 산 자들이 기다렸던 죽은 자 역시 섞여 들어왔을 터이다. 하여, 신성의 흰 빛 속에서 산 자는 죽은 자와 섞이며 온전한 우리가 형성된다. 그럼으로써 산 자들은 죽은 자들로 정화된 새로운 우리로 거듭난다. 흰 빛의 침례를 받은 우리는 죽음을 통과하여 정화되고 신생함으로써, 신성을 입은 존재가 되는 것이다. 그렇게 우리는 흰 빛이 되며, 시인은 이에 "이 흰 빛은 우리"라고 선언한다. 이 '우리'가 신생하는 날을 바로 새로운 '생일'이라고 할 것이다. 이 생일에 대해 나금숙 시인은 이렇게 쓰고 있다.

> 월대 앞에 서서
> 빛의 공평을 본다
> 은빛이 반사하는 마당
> 저 반짝임은
> 공기 중에 놓인 그대로
> 관계들이 드러나는 것
> 보이는 것 외에
> 더 무한한 것들
> 보이는 것과 보이지 않는 것들의 경계가
> 사물들이다
> 막사발 쓰다듬는 바람의 손길은
> 늪 근처 오리 사냥에서 빗나간 총알
> 오늘 내가 땅속에 심어 준 꽃의 잔뿌리도
> 캄캄한 흙 속에서 눈을 뜨고
> 물의 방랑을 맞이할 것이다
> 새로 만든 배를 윤슬 이는 호수에 띄울 시간
> 쉿 조용히!
> 만물이 서로를 밀고 당기는
> 이 순간이 정지할 때
> 미술관 옆

빨강 노랑 검정 푸드 트럭 앞
빨강 노랑 검정 모자 아래
시들어 가는 수국 꽃 그늘 아래
그들 민낯이 잠깐 보였다

—「생일」 전문

공평하게 이 세계 모든 곳에 내려오는 빛으로 인해, 사물들은 "보이는 것과 보이지 않는 것들의 경계"로서 드러난다. "공기 중에 놓인" 관계들을 사물들에 내려온 빛의 반짝임이 드러내면서, 우리는 사물들에는 "보이는 것 외에/ 더 무한한 것들"이 깃들어 있음을 알게 되기 때문이다. 그렇게 사물들에는 신성이 깃들어 있음을 저 빛은 보여 주는 것인데, 그럼으로써 세계는 자신 속에 잠재하는 신생의 신성한 힘을 드러낸다. "땅속에 심어 준 꽃의 잔뿌리", 즉 시의 뿌리 역시 빛의 세례를 받아 "캄캄한 흙 속에서 눈을 뜨고" 개화하여 "물의 방랑을 맞이할" 터, 이 개화의 날이 바로 시의 새로운 생일이 될 것이다. 시인은 시가 새로이 탄생하는 시간을 "새로 만든 배를 윤슬 이는 호수에 띄울 시간"이라고 새로 표현한다. 시의 시간이다. 이 새로이 탄생한 생명—시—은 배가 되어 호수 위를 나아가며 자신의 삶을 살아갈 것이다.

시가 살아가는 장소인 '호수'에 새로운 시를 띄우는 시간에서는 어떤 순간이 도래하기도 한다. 그 시간이 정지하는 순간은 신성이 현현하는 때, 시의 마지막 행에 따르면 "그들 민낯이 잠깐 보"이는 때이다. 이 글의 독해에 따르면, '그들'은 죽은 이들을 가리킬 것이다. 죽음의 신성을 '민낯'으로 '잠깐' 보여 주는 이들. 그래서 시가 살아 나가는 호수에서의 시간은 죽음으로 이 세상을 떠난 사랑했던 자들과의 영원한 만남이 이루어지는 순간을 마련한다. 그 시간을 '호수의 시간'이라고 할 것이다. 그 시간은 둥그런 빛(halo)으로 둘러싸인 신성한 시간이다. 이 시집의 마지막에 실린 시 「사랑 이후의 헤일로halo」의 표현에 따르면, "머리 위에" 생긴 "천사의 헤일로 같은 호수"의 시간. 이 시간에 대해 말해주고 있는 이 시의 후반부를 다시 읽으면서, 이 글을 마치고자 한다.

차디찬 놋 제단에 나를 눕힌다

머리 위의 호수도 같이 눕는다

불이 흘러와 줄 것인지 시간은 모른다

더 이상 만나지 못해도 영원히 만나고 있는
호수의 시간

파도가 일었다가 잠잠해지곤 하는 거울 안쪽의 시간

살갗이 없는 바람이 나를 쓰다듬는다

—「사랑 이후의 헤일로halo」 부분